Judith Allert

Wunschelberg

Die geheime Formel des Professor Ambigius

Mit Illustrationen von
Laura Rosendorfer

ueberreuter

Inhaltsverzeichnis

Die Wunschelberger

Mo

Seine Lieblingsgeschwindigkeit ist schildkrötenlangsam und mit Worten geht er so sparsam um, als würde er dafür Zinsen bekommen. Man sieht ihn nie ohne Handy – das macht ihn zum wandelnden Lexikon.

Emma

Entweder hat sie ihre Nase zwischen zwei Buchdeckeln oder sie stöbert zwischen den bunten Wunschelbergbuden herum. Auf dem Jahrmarkt fühlt sie sich wie in einer wahr gewordenen Lieblingsgeschichte.

Jule

Jule ist ihr ganzes Leben mit ihrer Tante Silvie und dem ebenso klapprigen wie gemütlichen Bus Herrn Rost samt Süßigkeitenanhänger von Rummel zu Rummel gezogen. Deshalb isst sie auch Grünkohl tausendmal lieber als Popcorn.

Silvie

Jules Tante ist kunterbunter als ein Regenbogen. In ihrer Bude verkauft sie ganz besondere Süßigkeiten. Eine Prise zauberhafter Gewürze lässt jeden, der kostet, die schönsten Träume träumen.

Antonio

Mos Vater sieht man meistens mit seiner Harlekinmaske. Er jongliert die Bälle so hoch, dass man sie für Sterne halten könnte. In seiner gewissenhaften Art ist er der Sprecher der Wunschelberger.

Loretta

Sie ist nicht nur Antonios Frau, sondern auch Mos Mutter. Sie ist ebenfalls ein echter Harlekin und sorgt nebenbei dafür, dass auf dem Wunschelberg alles glattläuft.

Der Magische Gustav

Den Zauberer sieht man nie ohne seinen alten Zylinder und ohne seinen zahmen Fuchs Kasimir. Es gibt kaum ein Ohr rundum den Wunschelberg, hinter dem der immer fröhliche Magier noch keine Blume hervorgezaubert hat.

Madame Claire

In ihrem weißen Kleid scheint sie stets feengleich zu schweben. Wenn sie einen ansieht, hat man das Gefühl, dass sie einem bis tief in die Seele blickt. Kein Wunder, bei einer echten Wahrsagerin.

Fräulein Erna

Ihre Haut ist knittrig wie altes Schokoladenpapier und man sagt, sie wäre über hundert Jahre alt. Immer herausgeputzt mit Rüschen und Blümchen ist sie die Hüterin des Wunschrondells, eines alten Karussells, das jedem Mitfahrer längst verlorene Erinnerungen zurückschenkt.

Franz im Glück

Der nette Kerl im gelb-braun karierten Anzug betreibt eine einmalige Losbude. Jedem Glücklichen zieht er haargenau den Gewinn hervor, den er sich schon jahrelang gewünscht hat – egal, ob derjenige das wusste oder nicht.

Kasimir

Der zahme Fuchs versteht jedes Wort und ist schlauer als so mancher Mensch. In jeder zwicklichen Lage ist er zur Stelle. Aber man darf ihn auch einfach mal ausgiebig zwischen den Ohren kraulen.

Meister Sinister

Der Hüter des Spiegelkabinetts ist so undurchschaubar wie sein schwarzes Mantel. Mit seinen blitzenden Schlangenaugen scheint er jedem bis tief in die Seele zu blicken. Aber ist er wirklich so kalt, wie er sich gibt?

Der Mittelgroße Konfusio

Der liebenswerte Kindskopf hat ständig tausend verrückte Ideen für noch verrücktere Apparate auf Lager. Egal ob Konfolomat oder Geisterhöhle, er tüftelt stets an einer neuen Attraktion herum. Für Jule, Mo und Emma ist er fast schon wie ein großer Bruder.

Der Zauber naht auf bunten Schwingen

Konnte man Gerüche träumen?

Eine Prise Lavendel, ein Hauch Vanille und etwas Zimt. Jule setzte sich in ihrem Bett auf und blinzelte ins morgendliche Dämmerlicht, das durch die geschlossenen Jalousien hereinfiel. War da nicht ein Geräusch gewesen? Ein Knarzen? Schritte!? Sie lauschte. Tante Silvies Atem klang regelmäßig zur ihr. Auf einer Matratze am Boden schlummerte ihre Freundin Emma – fast völlig lautlos.

Da! Jetzt wieder!

Leise wisperten die Dielen Jule etwas zu. Ein sanfter Windhauch ließ ihre Haare zittern.

»Ist da wer?«, flüsterte sie.

Ihr Herz raste, dass es fast wehtat.

Aber es war wieder still. Da war nichts und niemand. Nur dieser Geruch: Zimt, Vanille und eine Prise Lavendel. Ein Duft, der seit einer Ewigkeit Vergangenheit war. Jule kuschelte sich in ihre Decke. Mit dem seltsam vertrauten Geruch in der Nase schlief sie nur Sekunden später ein. Tief und fest.

Langsam kletterte die Sonne zwischen den zwei Spitzen des Wunschelbergs in den blauen Himmel. Die drückende Schwüle der vergangenen Tage war verschwunden und die Luft vom Gewitterregen der Nacht blitzeblank gewaschen. Die bunten Buden, Wohnwagen und Zelte waren geschlossen, alle Wunschelberger schlummerten noch in ihren Kojen. Nur Emma war schon auf. Leise kletterte sie aus Herrn Rosts Bauch. Sie gähnte, streckte sich und atmete tiiiiief ein. Etwas berührte sie am Bein. Etwas Warmes, Flauschiges.

»Kasimir!« Sie ging in die Hocke und der zahme Fuchs mit dem rotlodernden Fell strich ihr wie eine Katze um die Beine. Emma ließ ihren Blick hinauf zu den Felsenohren schweifen. Friedlich ragten die beiden Bergspitzen in den morgenroten Himmel. Kasimir hüpfte Emma auf den

Schoß und schnüffelte mit seiner Schnauze vorsichtig an ihrer Nase. Dann hopste der Fuchs wieder auf den Boden und lief mit einem ungeduldigen Brummen hin und her.

»Du hast auch Hunger, oder?« Emma blinzelte ihm zu. »Ich bin schwer dafür, dass die anderen endlich aufstehen und wir frühstücken.«

Kaum hatte sie ausgesprochen, erklang über ihr ein Geräusch. Ein Rauschen, ein Zischen und Flattern: Ein Vogelschwarm zog zwischen den Bergspitzen über ihren Kopf hinweg! Es waren keine Gänse oder Krähen oder sonst irgendwelche heimischen Vögel. Die Tiere hatten kunterbunt leuchtende Federn und lange gebogene Schnäbel. Sie stießen schrille Rufe aus. Wieder und wieder drehten die Vögel Achten rund um die Spitzen des Wunschelberges. Ein schwirrendes, lärmendes Flatterkarussell.

»Hä? Papageien? Die gibt's hier doch nich', oder?« Im Zeitlupentempo stieg eine gähnende, zerzauste Gestalt mit einer dickrandigen Brille auf der Nase aus einem der Wagen. Mos raue, schlaftrunkene Stimme war kaum zu hören. Trotz seiner Müdigkeit schaffte er es allerdings, auf seinem Handy herumzudrücken, um Papageien-Recherche zu betreiben.

»Vergessen? Hier gibt's alles, was es eigentlich nicht gibt«, erwiderte Emma, den Blick noch immer staunend in den

Himmel gerichtet, wo die bunten Vögel weiter ihre Kreise zogen.

Auch in die anderen Wohnwagen kam jetzt Leben. Hölzerne Jalousien ratterten nach oben, Türen wurden aufgestoßen, Fensterläden klapperten.

Geweckt von dem Gezwitscher kamen nach und nach die Wunschelberger an die frische Morgenluft. Zuerst trat Madame Claire aus ihrem Zelt – ach was, in ihrem weißen, scheinbar wolkenweichen Kleid schwebte die Wahrsagerin geradezu. Das knittrig-faltige, ururalte, aber doch jung gebliebene Fräulein Erna trippelte aus dem Wohnwagen neben ihrem Wunschrondell. Einladend leuchtete das brombeerrot-grashüpfergrün-seeräuberschatzgoldengestreifte Zeltdach des Karussells im Morgensonnenschein. Silvie und Jule sprangen aus Herrn Rost, ihrem geliebten Bus, mit dem sie jahrelang durch die Lande gezogen waren. Der Magische Gustav stieg mit einem fröhlichen »Was für ein wunschelschöner Morgen das nur wieder ist!« aus seinem Sternen-Wohnwagen, Franz im Glück kletterte aus der Koje hinter seiner Losbude und auch Antonio und Loretta, Mos Eltern, gesellten sich zu der bunten Truppe dazu – noch mit vergessenen Klecksen ihrer Harlekin-Schminke im Gesicht. Als Letztes kam der Mittelgroße Konfusio vom oberen Plateau herunter auf die Zauberwiese.

Und dann, gerade als alle Wunschelberger – alle, bis auf den düsteren Meister Sinister, Hüter des Spiegelkabinetts – ihre müden Knochen aus den Wagen bewegt und ihre verwunderten Blicke zum Himmel gehoben hatten, wurde es still. Genauso plötzlich wie der Vogelschwarm aufgetaucht war, war er wieder am Horizont verschwunden.

Jule sah mit einem Kopfschütteln zu Emma und Mo. »Die haben sich aber ziemlich verflogen!«

»Tausende Kilometer weit«, erklärte Mo mit Blick auf sein Handy. »Papageien gibt's auf allen Kontinenten – aber nich' in Europa.«

»Vielleicht hat sich der Wunschelberg für heute einen ganz besonderen Wecker ausgedacht«, überlegte Emma laut.

»Das passt zu dem alten Racker!«, lachte der Magische Gustav und rückte sich seinen zerknautschten Zylinder, den er vermutlich nicht mal im Bett abnahm, zurecht. »Obwohl es mich schon wundert, dass er nach all dem, was in der letzten Woche hier los war, kein bisschen müde ist!«

Da zwitscherte es im Baum neben ihnen. Zwei der bunten Vögel saßen auf einem Ast.

»He! Ksch-ksch! Ihr müsst zu euren Kumpels, schnell!«, rief Jule.

Mit einem Schrei stoben die beiden Winzlinge in die Luft. Höher und höher, bis sie nur noch kleine Punkte waren.

Jetzt, da alle wach waren, konnte es losgehen: Holztisch an Campingtisch an Wackeltisch wurde eine lange Frühstückstafel auf die Zauberwiese inmitten der Buden aufgestellt. Jeder brachte seinen Lieblingsfrühstückshappen mit und bald musste man sich Sorgen machen, dass die lange Tafel unter dem Gewicht der vielen Leckereien zusammenkrachen würde: Fräulein Ernas berühmte Pflaumen-Nougat-Marmelade, duftende Brötchen, dampfender Kakao, eine badewannengroße Schale Obstsalat und eine Platte voll mit kleinen Törtchen: Jedes in einer anderen Farbe und jedes mit einer ganz besonderen Gewürzprise, die jedem, der einen Bissen nahm, unweigerlich ein Lächeln ins Gesicht zauberte.

Zwischen Tellergeklapper und Gabel-Messer-Löffel-Klirren schwelgten die Wunschelberger in Erinnerungen an die vergangene Woche.

»Tag für Tag wird der Zauber etwas größer!« Der Magische Gustav legte die Handflächen aneinander, schloss die Augen, nickte einmal – und als er die Hände langsam wieder öffnete, krabbelte dort eine regenbogenfarbene Raupe. Er pustete sie sanft an – und als bunt gestreifter Schmetterling erhob sie sich von seiner Hand und flog in den blauen Himmel.

Obwohl die Wunschelberger Gustavs Zaubereien nur zu gut kannten, hatten alle vor Staunen die Luft angehalten. Mit einem leisen Raunen atmeten nun alle gleichzeitig wieder aus.

»Ja, wer hätte das gedacht, dass der alte Wunschelberg noch einmal so jung wird!«, grinste Franz im Glück.

»Wer hätte gedacht, dass *wir* mit all unseren Runzeln die jungen Leute noch so begeistern!«, fügte Fräulein Erna hinzu und zupfte schmunzelnd an ihrem gerüschten Blümchenkleid.

»Die Leute sind dermaßen begeistert. Als hätten sie all die Jahre darauf gewartet, dass wir mit unserem Rummel weitermachen«, sagte Antonio.

»Und es spricht sich überall herum und jeden Tag kommen ein paar mehr!«, ergänzte Loretta mit einem glücklichen Funkeln in den Augen.

»Auweia.« Mo grinste. »Nicht dass der Berg bei dem Ansturm ins Wackeln gerät!«

Jule kicherte, dann seufzte sie leise. »Wenn Mama und Papa doch auch dabei sein könnten.«

»Deine Eltern leben hier bei uns weiter«, wandte sich Madame Claire an Jule und hielt ihre Hand fest an ihr

Herz gedrückt. »Mit tausend bunten Geschichten von damals!«

Jule lächelte ihr zu. »Danke«, flüsterte sie.

Antonio rutschte ein Stück zu seinem Sohn und legte einen Arm um Mos Schultern. »Genau, ab jetzt ist alles kunterbunt! Noch viel mehr, als es früher je gewesen ist.«

Loretta nickte und schmatzte Mo von der anderen Seite einen Kuss auf die Stirn.

»Muss'n das sein?«, stieß der übertrieben genervt hervor. Doch eigentlich war er ohne Ende darüber froh, wie sich seine Eltern hier oben auf dem Wunschelberg verändert hatten. Seit ihrer Rückkehr an diesen besonderen Ort waren sie viel offener und herzlicher geworden.

Da bemerkte Mo, dass Jule ihn ansah. »Is' was, Jule?«

Sie machte den Mund auf – aber dann winkte sie schnell ab.

»Wo steckt denn Sinister?«, fragte Emma und blickte in Richtung des Spiegelkabinetts. »Ich dachte, nachdem er Konfusio vor dem Blitz gerettet hat, ist er … nun, nicht mehr so *komisch*.«

»Er ist so undurchschaubar wie ein schwarzes Tuch«, erwiderte Madame Claire.

»Und deswegen ist er besonders gruselig«, überlegte Emma. »Bei ihm, weiß man nie, was er vorhat. Wen er mag, wen er hasst. Ob er einem hilft – oder ganz im Gegenteil.«

Weiter kam Emma mit ihren Grübeleien nicht. Denn in dem Moment begann das Geschirr auf dem Tisch leise zu klirren. Der Kakao in Emmas Tasse schwappte über. Mo rutschte der feinsäuberlich gestapelte Schokokeks-Marmeladen-Turm vom Brot. »He! Was'n das?«, rief er.

Die Wiese vibrierte unter ihren Füßen, sodass sämtliche Gänseblümchen verwundert mit den Köpfen wackelten.

»Hört ihr das?«, fragte Silvie. Alle lauschten.

Jule hob den Kopf zum Himmel. »Klingt wie ein riesiges Flugzeug – aber ich seh keins!«

»Das ist nicht da oben, das ist unter uns. Das ist der Berg!«, stieß Emma hervor.

Doch bevor sie der Sache näher auf den Grund gehen konnten, war es wieder still.

Kein Klirren, kein Beben, kein Grollen.

»Vielleicht hat der Berg was vom Gewitter heute Nacht aufgehoben – und jetzt ausgespuckt?«, überlegte Mo.

»Oder unser Wunschelberg hat eine Erkältung – zu viel Aufregung in den letzten Tagen!«, schlug der Magische Gustav vor.

»Kein Grund zur Sorge. Auf dem Wunschelberg ist es so sicher wie …« Franz im Glück bückte sich und hob etwas von Boden auf. »… in einem Schneckenhaus!«

Da legte Fräulein Erna eine Hand wie einen Schirm vor die Stirn, blickte Richtung Bergkuppe und klatschte in die Hände. »Ha! Da kommt schon der erste Besuch – und das um diese Uhrzeit! Die Leute im Tal können vom Wunschelberg wahrhaftig nicht genug bekommen!«

Ein Lächeln für den hohen Gast

»Das ist doch …« Antonio sprang auf, zupfte sich die Serviette aus dem Hemdkragen und wischte sich damit einen Marmeladenklecks aus dem Mundwinkel. Mit ausgestreckter Hand eilte er auf den nicht ganz schlanken Herrn im perfekt sitzenden Anzug mit dem schütteren grauen Haar zu. Zu der schicken Aufmachung trug der Besucher eine bunt gestreifte Krawatte.

»Herr Bürgermeister! Was für eine Ehre! Herzlich willkommen auf dem Wunschelberg!«

Der Mann erwiderte Antonios Händedruck und schob seine ziemlich teuer aussehende Brille ein Stück die Nase hoch. »Die Freude ist ganz meinerseits! Glückwunsch zur großen Wiedereröffnung. Die Leute im Ort sind begeistert von Ihrer Vorstellung. Das hier …« Er deutete auf die Dame an seiner Seite, »ist Frau Zausel vom Stadtanzeiger. Wir dachten, wir nutzen die Gunst der Stunde für ein paar Fragen und einen Schnappschuss. Für einen netten Artikel in der Zeitung! Alles Werbung, wissen Sie?«

»Foto?! Ich bin doch noch gar nicht richtig angekleidet!« Fräulein Erna zupfte an ihrem gerüschten Morgenrock. So schnell, wie man es einer Über-neunzig-wenn nicht-sogar-Hundertjährigen nicht zugetraut hätte, verschwand sie in ihrer Bude, um sich ein schickeres Kleid anzuziehen und das Näschen zu pudern. Auch die anderen strichen sich ihre Kleidung zurecht und übten schon mal das passende Lächeln für das Pressefoto.

»Ich gehör gar nicht mit aufs Bild«, meinte Emma, während sich alle in Position stellten, und wollte weghuschen. »Ich bin doch gar keine Wunschelbergerin!« Emma lebte eigentlich mit ihren Eltern unten in der Stadt. In einem weiß gestrichenen Reihenhaus in einer grauen, schnurgeraden Straße. Seit die kunterbunten Wagen auf den Wunschelberg gekommen waren, hatte sie aber jede freie Minute hier verbracht. Und weil Ferien waren, erlaubten ihre Eltern sogar ab und zu, dass sie bei Jule im Wohnwagen übernachtete.

»Pfff, natürlich gehörst du zu uns!« Mo erwischte sie am Ärmel und zog sie zurück an seine Seite.

»Also ich frag mich ja schon die ganze Zeit, warum du hier ständig herumhängst!«, neckte Jule. Aber Emma sah sofort, dass sie grinste. »Quatsch, du bist doch Familie!«, fügte sie lachend hinzu.

Emma strahlte von einem Ohrläppchen zum anderen.

Alle standen in einer Reihe. Alle außer Meister Sinister. Emma beobachtete, wie er in seinem schwarzen Mantel am Rande der Buden herumschlich und das Geschehen mit eisernem Blick musterte. Nein, nicht das Geschehen! Er schaute genau zu ihr! Als ob er sie mit seinen Schlangenaugen durchleuchtete. Bis in sie hineinsah. Emma schaffte es nicht, dem Blick standzuhalten. Was ging nur in ihm vor? War sein düsteres Gebaren nur Getue, ein Teil seiner Rolle als Hüter des Spiegelkabinetts? Oder war er wirklich so ein Menschenhasser? Andererseits, in jener magischen Nacht hatte er alles zum Guten gewendet. Er hatte das Geheimnis der Vergangenheit gelüftet. Ohne ihn hätte die Geschichte vielleicht ein anderes Ende genommen.

»Und jetzt bitte lächeln!«, rief die Dame von der Presse und hielt sich die Kamera über die Nase.

Emma schreckte auf und schaute schnell in die Linse. Sie lächelte angestrengt. Der Bürgermeister, der sich in die Mitte der Wunschelberger postiert hatte, reckte seinen Daumen, dann grinsten alle um die Wette. Sogar Kasimir hob die Lefzen.

»Wunderbar!«, jubilierte der Bürgermeister und die Pressedame wandte sich an Antonio:

»Wenn Sie uns jetzt noch für den Veranstaltungskalender Ihre Öffnungszeiten verraten würden? Und haben Sie vielleicht irgendwelche Extras, die wir gesondert erwähnen können? Wie sieht es aus mit Sparpreisen und Sonderangeboten? Oder Souvenirs?! Die könnten wir unten im Tal im Touristenbüro anbieten. Ganz toll wäre es auch, wenn Sie uns knackig, mit einem Satz, sagen könnten, was das Besondere des Wunschelbergs ausmacht.«

»Ich … öh …« Antonio kratzte sich am Ohr. »Wissen Sie, wir lassen das alles auf uns zukommen. Ganz gemütlich, ohne zu viel Trubel.«

Loretta an seiner Seite nickte. »Wir wollen unsere Besucher glücklich machen, sonst nichts!«

»… Besucher glücklich machen …«, vermerkte die Dame sofort auf ihrem Notizblock und nickte zufrieden. »Perfekt! Das ergibt eine grandiose Titelseite. So etwas verkauft sich großartig.«

»Und was haben Sie für die Zukunft noch in Planung? Eine Achterbahn vielleicht? Oder so ein modernes Riesenkarussell, bei dem man herumgewirbelt wird, auf dem Kopf steht und so weiter?« Der Bürgermeister lachte. »Für mich wäre das ja nichts. Aber meine Tochter würde stundenlang damit fahren!«

»Nun …« Antonio räusperte sich. »Eigentlich ist der Wunschelberg komplett.«

»Ein gemütlicher, zauberhafter Rummel«, ergänzte der Magische Gustav, nicht ohne Stolz.

»Ach …« Der Bürgermeister ruckelte wieder an seiner schicken Brille, sein Blick schweifte über die Wagen. »Nun ja. Nehmen Sie mir das jetzt nicht übel. Aber … meinen Sie nicht, dass die paar Buden den Leuten schnell etwas langweilig werden? Da lohnt sich ja kaum ein zweiter Besuch. Und gerade wenn wir das Publikum aus dem Umland herlocken wollen …« Der Bürgermeister nickte Antonio zu. »Von nichts kommt nichts! Und immerhin stellt die Gemeinde Ihnen das Grundstück kostenlos zur Verfügung.« Ehe Antonio darauf etwas erwiderte, hatte der Bürgermeister seine Hand ausgestreckt und schüttelte die von Antonio, als wäre sie eine Rassel. »Nun dann, ich bin gespannt, was Sie sich einfallen lassen. Auf eine befruchtende Zusammenarbeit!«

»Von nichts kommt nichts«, murmelte Silvie und blickte dem Bürgermeister und der Pressedame hinterher. »Als ob das hier *nichts* ist!«

Auch Fräulein Erna machte ein entrüstetes Gesicht. »Was für ein unmanierliches Verhalten!«

Meister Sinister, der sich die ganze Zeit im Hintergrund gehalten hatte, trat auf die Wunschelberger zu. »Ihr glaubt, dass ihr nicht käuflich seid?«, zischte er mit seiner Schlangenstimme. Aus seinen grün leuchtenden Augen blitzte er die Wunschelberger eiskalt an. »Was, wenn nicht ihr darüber entscheidet?«

Ohne ein weiteres Wort verschwand er wieder in seinem Spiegelkabinett.

»Vielen Dank für den Tipp«, murmelte Jule. »Muss der immer wie ein Kreuzworträtsel reden?«

»Und jetzt? Ihr holt euch doch nicht etwa eine riesige Achterbahn her?« Emma blickte fragend in die Runde. »Die passt hier rein wie ein Schneemann in die Sauna!«

»Warum nicht? Ein paar neue Attraktionen wären doch gar nicht so übel«, sagte Jule. »Das heißt ja nicht, dass die alten schlecht sind!«

»Gegen 'ne Superachterbahn mit tausend Loopings hätte ich auch nichts«, ergänzte Mo grinsend. »Also, solange ich nicht damit fahren muss.«

Der Mittelgroße Konfusio schmunzelte in sich hinein. Vorfreudig rieb er sich die Hände. »Superachterbahn … Hm, ich glaube, ich habe da eine bessere Idee.« Damit zwinkerte er den Kindern zu und huschte eilig auf den Kringelweg, der zum oberen Plateau führte. Dorthin, wo sein Wohnwagen stand.

Mo, Emma und Jule wechselten einen belustigten Blick. So gut kannten sie den Mittelgroßen Konfusio inzwischen: Langweilig würde es bestimmt nicht werden, wenn er eine neue Attraktion austüftelte!

Auch stumme Worte können erschüttern

Obwohl es noch nicht einmal Mittag war, wuselten überall auf dem Wunschelberg Leute herum. Große und kleine. Junge und alte. Ein Kerl mit buntem Irokesenschnitt stand neben einem grauhaarigen, gebückten Ömchen in der langen Schlange, die sich vor Fräulein Ernas Wunschrondell gebildet hatte. Ein tätowierter Muskelprotz in Motorradkluft zupfte an einem pinken Bausch Zuckerwatte und eine blonde Dame mit perfekt manikürten Fingernägeln kraulte Kasimir mit einem ganz verliebten Lächeln. Kurzum, auf dem Wunschelberg kam jeder ins Staunen. Auch Emma, Mo und Jule, die zwischen den bunten Buden herumschlenderten.

»Das is' so cool!« Mo betrachtete die Gänsehaut auf seinen Armen.

Wie immer, wenn der Wunschelberg in seinem Zauber erblühte, lag ein kribbliges Knistern in der Luft und alle Buden waren in ein sanftes, regenbogenschimmerndes Flimmerlicht getaucht. Jedenfalls, wenn man genau hinsah.

»Und das ist euer Zuhause! Ist das nicht der Wahnsinn?« Emma konnte nicht aufhören, sich über diesen besonderen Ort zu wundern.

Jule, die bis vor ein paar Tagen gerne noch für alles eine vernünftige Erklärung parat gehabt hatte, nickte zufrieden. »Schon toll hier oben«, meinte sie und genoss gemeinsam mit ihren Freunden das magische Treiben des Jahrmarkts.

Zu den knarzigen Klängen von Fräulein Ernas Wunschrondell huschten Loretta und Antonio, mit ihren Harlekinmasken im Gesicht, zwischen den Besuchern herum. Sie ließen melonengroße schimmernde Seifenblasen über ihre Köpfe schweben und jonglierten mit so vielen bunten Bällen, dass einem ganz schwindelig werden konnte.

»Nun hab ich mich schon total dran gewöhnt. Dabei war'n früher Seifenblasen verboten. Wegen der Flecken.« Genau wie Jule hatte Mo bis vor Kurzem nicht einmal gewusst, dass die Erwachsenen hier oben den kleinen, feinen Rummel betrieben hatten. Mos Leben war so grau und eintönig gewesen wie ein Klotz Beton – und seit einer Woche war alles ein riesiges Abenteuer!

»Es ist einfach nur unglaublich«, sagte Emma. »Hier gibt es alles, was es eigentlich nicht gibt.«

Jule kicherte. »Weißt du noch, als du dich unter dem Wohnwagen versteckt hast und Kasimir dich aufgestöbert hat?«

»Es war ja verboten hierherzukommen. Da war sogar überall Stacheldraht!« Ein kleines bisschen wurde Emma rot, aber sie musste trotzdem mitkichern. Schließlich wusste sie inzwischen, dass Jule und Mo sich nie über sie lustig machen würden. »Jedenfalls bin ich froh, dass ich nun ganz offiziell hier sein darf – auch von meinen Eltern aus.«

Beim Stichwort *Eltern* biss sich Emma auf die Lippe. Sie sah Jule von der Seite an. »Wie geht es dir denn eigentlich damit? Also ist es besser, dass du jetzt weißt, was mit deiner Mama und deinem Papa vor zehn Jahren wirklich passiert ist?«

Jule schluckte und zuckte mit den Schultern. »Ich … Ich …« Sie winkte ab. »Ehrlich gesagt, hab ich keine Lust, drüber zu reden.«

Emma nickte. »Klar …«

Ihre Eltern hatten als Ärzte sehr wenig Zeit für sie. Und

bevor sie Mo, Jule und die anderen Wunschelberger gekannt hatte, war sie deshalb oft einsam und traurig gewesen. Aber wie es war, gar keine Eltern zu haben, das konnte sich Emma überhaupt nicht vorstellen – und sie wollte es auch nicht. Stattdessen konzentrierte sie sich auf den magisch knisternden Wunschelberg-Zauber: Franz im Glück verteilte Lose an die Besucher. Das waren keine gewöhnlichen, sondern ganz besondere Glückslose. Jeder einzelne bekam genau das, was er sich schon jahrelang gewünscht hatte – auch, wenn er oft bis zu diesem Moment gar nicht gewusst hatte, was das war. Eine Fahrt im Wunschrondell schenkte den Besuchern vergessen geglaubte Erinnerungen und die Süßigkeiten an Silvies Bude ließen alle, die sie kosteten, wunschelschön träumen. Mit offenen Augen, mitten am Tag. Und wer einen geheimnisvollen Hinweis auf seine Zukunft erhalten wollte, musste sich nur in Madame Claires bunt flatterndes Zelt setzen.

Beim Magischen Gustav hatte sich eine raunende, staunende Zuschauertraube versammelt. Kopfschüttelnd und ganz und gar entzückt betrachteten die Leute, wie aus einem winzigen Reiskorn mit einem Fingerschnippen und kleinen zuckenden Blitzen eine Pusteblume wuchs. Auch vor Meister Sinisters Spiegelkabinett hatte sich eine lange Reihe gruselfreudiger Besucher eingefunden. Während hier draußen die Gänsehaut kitzelte, kribbelte sie dort drinnen frostig-schaurig-schön.

»Die Leute sehen jedenfalls nicht so aus, als ob sie eine Riesenachterbahn vermissen«, stellte Emma fest.

»Kein Wunder. Hier ist es wie ... wie jeden Tag Ferien!«, meinte Mo.

Emma verzog das Gesicht. »Aber in die Schule müssen wir trotzdem. Ich mag gar nicht dran denken, dass es nächste Woche wieder losgeht. Obwohl ...«

»Obwohl was?«, fragte Jule.

Emma zwirbelte an einer Haarsträhne. »Na ja, das ist mein erster Schultag, an dem ich nicht mehr alleine ... Also, an dem ich mit euch ...«

Mo gab ihr einen Knuff. »Du meinst, der erste Schultag mit so duften Typen wie uns!«

»Ganz genau das mein ich!« Emma lachte.

Jule kickte ein paar Steinchen vor sich her. Dann räusperte sie sich und sagte mit etwas kratziger Stimme: »Für mich ist es mein erster Schultag. Also, so überhaupt. Ich bin noch nie an eine normale Schule gegangen. Silvie und ich waren ja immer mit dem Rummel unterwegs.«

Nun kassierte auch sie von Mo einen Stups mit dem Ellenbogen. »Ey super. Dann kriegste ja 'ne Schultüte!«

Da musste auch Jule lachen.

»He! Meint ihr, Konfusio hat schon 'ne neue Attraktion ausgetüftelt?« Mo deutete mit dem Finger auf die beiden Bergspitzen. Dazwischen blinkte und leuchtete etwas: Konfusios Bude.

»Wenn wir das wissen wollen, sollten wir nachsehen!« Jule packte Emma an der Hand und die beiden rannten sofort los.

»Boah! Wieso denn so eilig?« Mo, der in etwa so gerne Sport machte wie ein äußerst betagter Ameisenbär, schnaufte den Mädchen mit rotem Kopf hinterher.

Der Mittelgroße Konfusio stand auf dem Dach seines silber blitzenden Wagens, das voller Antennen, Satellitenschüsseln und reflektierender Spiegel war.

Als er die Kinder kommen sah, legte er den Schraubenzieher beiseite und fuchtelte mit den Armen. »He! Zutritt verboten! Das hier ist streng geheim!«

»Wenn du uns loswerden willst, musste dir was Besseres einfallen lassen!« Schon begann Mo, zu Konfusio hinaufzuklettern.

»Wir können dir doch helfen!« Emma stieg ebenfalls über die kleine Metallleiter auf das Dach des Wohnwagens.

»Außerdem nervt die Geheimnistuerei!«, meinte Jule, die als Dritte folgte.

»Banausen!«, schimpfte Konfusio, wobei er es kein bisschen schaffte, entsprechend ernst zu gucken. »Wie oft soll ich euch noch erklären, dass es auf der Welt nichts Schöneres als Geheimnisse gibt?«

Zu viert setzten sie sich nun an die Kante des Wohnwagendaches, ließen die Beine baumeln und blickten ins Tal hinunter.

»Was hast du denn für 'ne neue Idee?«, fragte Mo. »Also, für 'ne Superattraktion?«

»Freunde, das ist natürlich noch …«

»… streng geheim, logo«, fügte Jule mit einem übertriebenen Stöhnen hinzu.

»Ich finde, es muss etwas richtig Tolles werden«, sagte Emma. »Eine Achterbahn oder ein Autoscooter oder so was ist für den Wunschelberg viel zu gewöhnlich!«

»Wartet's ab! Ihr werdet auf jeden Fall staunen.«

»He, hoppla!« Emma griff nach einem Schraubenzieher, der plötzlich ins Rollen geraten war.

»Sag mal!« Jule schnappte sich einen Bleistift, ehe er sich über die Kante verdünnisierte.

»Da ist wieder dieses Geräusch«, flüsterte Emma.

Unter ihren Hinterteilen vibrierte das Dach von Konfusios Bude, als hätte es eine Massagefunktion. Und dann – genau wie am Morgen – war es auf einmal wieder still.

»Vielleicht klingt das so, wenn unten im Tal ein Lastwagen über die Straße brettert«, überlegte Jule.

Emma schüttelte den Kopf. »Das kommt direkt aus dem Berg! Da stimmt doch was nicht!«

»Vielleicht 'n Minibeben?« Mo zog sein Handy hervor und tippte darauf herum. »Da steht's. Die gibt es immer mal wieder. Auch in Deutschland. Aber mehr, als dass mal 'n Bild von der Wand purzelt, passiert da nich'!«

Konfusio schüttelte den Kopf. »*Das* sind die Energien! Das Lebenselexier im Bauch des Wunschelbergs macht sich bemerkbar«, sagte er im Brustton der Überzeugung, so wie man verkündete, dass eins plus eins zwei ergab.

Alle lauschten noch mal – doch es blieb still.

»Solange der Berg vor lauter Energie nicht unter unserem Hintern einstürzt, ist ja alles gut«, witzelte Mo.

Spät am Abend – auf den zauberhaften Nachmittag war ein gemütlich-geselliger Schmaus am Lagerfeuer mit Musik und alten Geschichten gefolgt, bis Emma nach Hause hatte gehen müssen –, wälzte Jule sich von einer Seite auf die andere. Sie konnte einfach nicht einschlafen. Knautschte ihr Kissen zurecht, zupfte an ihrer Decke … Und dann stockte sie.

Da war wieder dieser Geruch. Das leise Knarzen … und noch etwas. Stimmen! Zwei leise wispernde Stimmen. Ganz nah. Als ob jemand genau neben ihr stand!

Jule spähte in die Dunkelheit – und erstarrte. Zwei Gestalten beugten sich über sie! Deutlich konnte sie sie nicht erkennen, nur ihre Schemen. Ein Mann und eine Frau. Sie waren so nah, dass Jule den Windhauch ihrer Atemzüge an der Wange spürte. Ihr Flüstern aber war zu leise, um etwas zu verstehen.

Und dann erkannte sie den Geruch. Es war der Geruch der Zuckerbäckerei ihrer Eltern. Seitdem das Wunschrondell ihr die Erinnerung daran zurückgegeben hatte, konnte Jule ihn unter Hunderten erschnuppern. Sie presste die Augen zusammen und drückte sich das Kopfkissen auf die Ohren. Träumte sie diesen blöden Traum jetzt jede Nacht?

Da spürte sie, dass sich etwas auf ihre Decke sinken ließ. Eine Hand. Schwer lag sie auf ihrem Rücken. Jule hielt die Luft an und lag steif wie ein Stein.

»Julchen, alles klar?«

»Silvie!« Jule fuhr auf und strampelte sich aus der Decke.

»Kannst du nicht schlafen?« Silvie ließ sich auf der Bettkante nieder, strich Jule sanft eine Strähne aus dem Gesicht. »Du schwitzt ja! Ein Albtraum? Du Ärmste!«

Möglichst unauffällig musterte Jule den Raum. Da waren

keine Schatten. Stimmen waren auch nicht zu hören. Nur der Ruf des Uhus draußen in der Nacht und das Rauschen des Spätsommerwindes in den Blättern der Bäume.

Jule atmete tief durch. Jetzt war sie wach. Und das vorher …

»Jule, möchtest du mir nicht von deinem Albtraum erzählen?«

Jule unterdrückte ein Seufzen. Sie wusste, dass Silvie es nur gut meinte. Aber sie wollte nicht reden. Seit sie herausgefunden hatte, was damals wirklich passiert war, musste sie eh schon ständig an ihre Eltern denken. Und dann noch diese Träume … Fast wäre es ihr lieber gewesen, sie hätte die Wahrheit nie erfahren. Dann hätte sie nicht so viel grübeln müssen. Und so viel vermissen.

»Ich bin müde, okay? Gute Nacht!« Jule bemühte sich, nicht zu ablehnend zu klingen.

Silvie streichelte ihr über die Wange. »Schlaf gut, Süße!«

»Das hoffe ich«, murmelte Jule.

Einfach nur Schlafen.

Ohne Gruselträume.

Mit einem Grollen wächst die Feindschaft

Emma und Mo genossen die nächsten Tage, als wären sie der letzte Eisbecher dieses Sommers: zig Runden im Wunschrondell herumgondeln (gerade so oft, dass Zuckerwatte, gebrannte Mandeln und Himbeerlimonade dort blieben, wo sie hingehörten), sich ungefähr hundertmal vom Magischen Gustav irgendetwas hinter den Ohren hervorzaubern lassen (Lutscher, eine Stoffrose, Murmeln, ein schwarzes Ass), Konfusio dabei zusehen, wie er wie ein Wilder an irgendetwas herumschraubte, von dem er auch nicht einen Pieps verlauten ließ, was es einmal werden sollte. Sich von Loretta und Antonio abschauen, wie man jonglierte, bis Mo und

Emma sich selber fühlten wie Bälle und nicht mehr wussten, wo oben und unten war. Und bei all dem immer schön darauf achten, bloß nicht auch nur den winzigsten Funken eines Gedankens an das Ende der Ferien zu verschwenden!

Jule machte zwar bei all dem mit, aber ihre Freunde merkten, dass sie mit ihrem Kopf mindestens eine Milchstraßenlänge weit von ihnen weg war. Ihre Augen waren erbsenklein und ungefähr alle zehn Sekunden gähnte sie so breit, dass eine ganze Packung gebrannte Mandeln auf einmal in ihren Mund gepasst hätte.

Wenn Emma und Mo danach fragten, winkte Jule jedes Mal nur ab.

»Schlecht geträumt. Sonst nix.« Sie wusste selbst nicht so genau warum. Aber sie bekam die Wahrheit einfach nicht über die Lippen. Dass Nacht für Nacht zwei Schatten an ihrem Bett standen, Schatten, die stumme Worte vor sich hin flüsterten.

Immer wieder der gleiche Traum. Nacht für Nacht. Mit solchen Träumen konnte man noch so lange schlafen – man war trotzdem müde.

Irgendwann waren auch die wunschelschönsten, magischkribbeligsten Sommerferien zu Ende.

»Und? Wie war der erste Schultag?« Silvie empfing die drei mit einem dampfenden, duftenden Mittagessen. Emma war selbstverständlich dabei. Da ihre Eltern oft lange Schichten arbeiten mussten, waren sie froh, dass ihre Tochter auf dem Wunschelberg gut aufgehoben war.

»Los, erzählt!«, drängelte Loretta, die mit Antonio ebenfalls am Tisch saß.

»Schule halt«, brummte Jule nur und rieb sich mit dem Ärmel über die Augen. Sie hatte das Gefühl, dass an ihren Lidern schwere Gewichte zerrten. »Überflüssig wie Schnupfen.«

Mo sagte gar nichts, sondern starrte auf seinen Teller, als erwartete er, dass die Nudeln sich erhoben und davonschwebten. Emma hob Kasimir auf ihren Schoß und kraulte ihn mit zwei Fingern zwischen den Ohren. »Man muss einfach so tun, als ob man's nicht gehört hat. Wir haben uns und den Wunschelberg, alles andere ist doch egal!«

Silvie sah die drei der Reihe nach fragend an. »Und noch mal Klartext vielleicht?«

Mo, Emma und Jule warfen sich einen Blick zu.

»Jenny!«, murrten die drei schließlich im Chor.

»Emmas Lieblingsfeindin ist jetzt auch unsere. Ständig nur blöde Sprüche und die anderen machen dabei noch mit!« Jule rollte mit den Augen.

»Weil sie sonst selbst was abkriegen. Nehmt die einfach nicht so ernst, die ist das nicht wert.« Emmas Blick fiel auf Mo. Der war immer noch still wie ein Kaktus. Aber auch ziemlich rot im Gesicht und während er normalerweise gerne verschmitzt grinste, wirkte seine Miene wie tiefgefroren.

Antonio schob sein Wasserglas auf dem Tisch herum. »Also wenn diese Jenny sich mehr herausnimmt, muss das der Lehrer erfahren!«

Mo und Emma sahen nicht begeistert aus. »Bloß nicht!«, wiegelte Emma ab. »Dann sind wir Petzen und sie wird noch fieser!«

»Soll sie lästern, wenn sie das braucht. Kann uns doch egal sein!« Jule rollte sich eine Monsterladung Spaghetti auf die Gabel. Mit vollem Mund musste man weder über blöde Schnepfen reden, noch seinen besorgten Mitmenschen erklären, warum man auch heute wieder so albtraumhaft müde aussah.

Am Nachmittag blieb es ruhig auf dem Wunschelberg. Die Ferien waren vorbei und das merkte man. Daran konnte selbst der lobende Zeitungsartikel, der vor ein paar Tagen erschienen war, nichts ändern – auch wenn tatsächlich ein paar Besucher von richtig weither gekommen waren.

Wie jeden Nachmittag statteten die Freunde dem Mittelgroßen Konfusio auf dem oberen Plateau einen Besuch ab. Die letzten Tage hatte er sie schnell wieder abgewimmelt. Solange seine neue Attraktion nicht fertig war, würden sie ihn kaum zu Gesicht bekommen. Aber vielleicht war es ja heute endlich so weit!

»He! Was'n das?«, rief Mo, als sie sich Konfusios Wagen näherten.

»Hundertpro was total Verrücktes!«, sagte Jule.

Neben Konfusios Wagen – der nun keinen blitzenden und blinkenden Dachaufbau mehr hatte – stand ein kleiner metallischer Kasten, an dem zwei Drähte befestigt waren. Einer führte zu einem etwas klapprigen Laptop, der wiederum mit einer Art Projektor oder Beamer verbunden war. Der zweite Draht hatte ein loses Ende. Konfusio trat aus seinem Wagen. »Ihr kommt gerade rechtzeitig zum ersten Testlauf meines Konfolomats!«

»Konfolo-was?«, murmelte Mo, bekam aber keine Antwort.

Stattdessen nahm Konfusio das Ende des Drahtes zwischen zwei Finger. »Der hier kommt da ran«, erklärte er. Er klemmte eine flache silberne Schüssel an das Kabel. »Und die hier gehört da hin!« Mit den Worten setzte er die Schüssel auf seinen Kopf. »Und los geht die Datenübermittlung!«

Schon drückte Konfusio einen Hebel nach unten. Er rastete mit einem Knack ein und die Maschine begann zu summen und zu brummen.

»Spinnst du? Du kriegst noch einen Stromschlag!«, entfuhr es Emma.

Aber Konfusio winkte seelenruhig ab. »Ich habe alles ganz genau berechnet. Meine Gehirnschwingungen und der elektrische Strom ergeben gemeinsam eine absolut sichere Frequenz.«

»Und was wird das?«, fragte Jule.

»Dieser Apparat speist sich aus dem Energiefluss meiner Vorstellungskraft. Mithilfe dieses Projektors werden sich die Energien als Lichtteilchen materialisieren!«

Mo lachte. »Aus deiner Vorstellungskraft? Auweia, wenn da mal nich' ein Riesenmurks bei rauskommt.«

Das Brummen wurde lauter. Der Konfolomat begann sanft zu vibrieren. Kleine Funken zuckten den dünnen Draht entlang.

»Kann gar nicht hinschauen!« Emma kniff die Augen zu.

Jule hatte die Stirn gerunzelt und Mo klappte der Mund auf. Ein Flimmern lag in der Luft. Langsam nahm es Kontur an, bis es wie ein leuchtender Schatten aussah. Der Umriss eines …

»Aua!« Konfusio riss sich die Schüssel vom Kopf. »Heiß!«

Mo presste schmunzelnd die Lippen aufeinander. »Noch 'n paar Schräubchen schrauben, was?«

Dem Mittelgroßen Konfusio war nicht nach Lachen zumute. »Das ist keine neue Attraktion, das ist ... nichts!« Er fiel geknickt in sich zusammen.

Emma legte ihm tröstend eine Hand auf die Schulter. »Das wird schon noch.«

»So eine optische Täuschung kann doch nicht so schwer sein«, scherzte Jule.

Konfusio glitten die Mundwinkel noch weiter nach unten. Er verstand gerade so viel Spaß wie ein Stück altes Brot. »Banausin!«, brummte er und verschwand in seinem Wagen.

»Auweia. Hoffentlich funktioniert das Konfodingsbums bald!« Mo schaute seinem Freund mitleidig hinterher.

Kaum waren Jule, Mo und Emma zurück auf der Zauberwiese, begannen mit einem Mal die Dachrinnen an den Buden zu klappern. Ohne dass ein Lüftchen wehte, fiel ein Glas Lakritz um und rollte von Silvies Süßigkeitentheke. Wieder erklang das Grollen. Fuchs Kasimir verzog sich schnell unter einen Wohnwagen.

Wie auch die letzten Male war der Spuk so schnell wieder vorbei, wie er angefangen hatte.

»Was war das denn?« Die Besucher, die alle erschrocken innegehalten hatten, warfen sich verunsicherte Blicke zu.

»Nur so ein Minibeben. Absolut ungefährlich. Habt ihr unten im Tal doch bestimmt auch schon mitgekriegt, oder?«, fragte Jule.

Doch die Leute verneinten und sahen noch beunruhigter aus.

»Hm, wenn im Tal nix war …« Mo kratzte sich an der Nase. »Dann hat der Berg wohl Magenbrummen!«

Jule musste grinsen. »Magenbrummen. Na logo. Wahrscheinlich hat er zu viel Sauerkraut gegessen, was?«

Emma kniff nachdenklich die Augen zusammen. »Aber komisch ist es schon! Ich muss jetzt nach Hause, aber sollten wir morgen nicht mal nachschauen, wo dieses Geräusch herkommen könnte?«

Mo und Jule hatten zwar nichts dagegen – allerdings kam ihnen erst einmal etwas anderes in die Quere. Dagegen war ein merkwürdiges Grollen absolute Nebensache.

Dunkles Verstehen in steinerner Tiefe

Das *andere* nahm die drei gleich am nächsten Schultag wieder völlig in Beschlag und auch auf dem Heimweg drehte sich alles nur darum.

»Vielleicht kann Gustav uns ’n paar Tricks zeigen. Da gucktse garantiert doof aus der Wäsche. Genau, wir zaubern ihr ’n paar Hörner. Oder ’ne meterlange Pinocchionase!«, empörte sich Mo, der normalerweise bekanntermaßen so sparsam mit seinen Worten umging, als wären sie sein Taschengeld. Nun machte er Witze – obwohl er die Angelegenheit ganz und gar nicht witzig fand. Emma zumindest versuchte auch ein Grinsen.

Mo schaute Jule von der Seite an. Die hatte die ganze Zeit keinen Piep gesagt. Mal wieder. Er gab ihr einen sanften Knuff.

»He, du! Bist stumm wie Pommes!«

Jule zuckte mit den Schultern, ohne auch nur nanomillimeterbreit die Mundwinkel zu heben. »Die ist einfach nur bescheuert. Soll sie erzählen, was sie will!«

Die war natürlich Jenny, die mal wieder alles gegeben hatte, um zu zeigen, was sie von den dreien hielt.

»Und wenn das jemand glaubt? Von wegen wir Wunschelberger sin' total falsche Typen und klauen, was uns zwischen die Finger kommt?«

»Sollen sie doch! Hauptsache, hier oben haben wir unsere Ruhe!«

Natürlich fand Jule diese Jenny genauso mies wie ihre Freunde. Aber gerade waren ihr die albernen Streiche völlig egal. Sie war müde. Unglaublich müde. Was gäbe sie darum, wenn sie endlich wieder schlafen könnte!

Vielleicht hatte das Flüstern der nächtlichen Gestalten etwas zu bedeuten? Waren es wirklich … die Geister ihrer Eltern, die sie im Traum besuchten? Wollten sie ihr … etwas mitteilen? Doch kaum war der Gedanke da, schüttelte Jule ihn wieder ab. Das waren Träume! Hirngespinste! Sonst nichts!

»Jule? Alles klar? Du … Du kannst mit uns über alles reden, echt!« Jetzt konnte Mo nicht anders, als Jule noch einmal darauf anzusprechen. Er merkte doch aus hundert Metern Entfernung, dass es ihr nicht gut ging!

»Nee. Alles klar. Brauch nur mal eine Extramütze voll Schlaf. Ich leg mich am besten gleich noch mal aufs Ohr.«

Als Jule sich mit einem Nicken verabschiedete, sahen Mo und Emma ihr besorgt hinterher.

Jule wollte alleine sein. Klar, alle meinten es nur nett. Aber sie musste in Ruhe nachdenken, ohne dass ihr dabei jemand sorgenvolle Blicke zuwarf. Also huschte sie einmal hinter Herrn Rost herum. Als sie sich vergewissert hatte, dass die Luft rein war, stieg sie den Kringelweg nach oben, auf das Plateau zwischen den steinernen Ohren des Wunschelbergs. Unterwegs merkte sie, dass sie doch jemand ertappt hatte. »Kasimir!« Der Fuchs strich ihr mit einem Winseln um die Beine. »Klar, du darfst mit!« Sie bückte sich zu ihm hinunter und kraulte ihn.

Als Jule den Weg weitergehen wollte, stutzte sie. Da war so ein Gefühl. Wie wenn jemand hinter ihr … Sie fuhr herum. »Sinister!«

Der Hüter des Spiegelkabinetts stand in seinem schwarzen Mantel nur wenige Meter vor ihr. Seine Miene war wie so oft völlig starr, wie aus Stein.

»Gibt's was?«, fragte Jule und hoffte, dass Sinister nicht merkte, wie sehr sie sich erschrocken hatte. Der sollte bloß nicht glauben, dass er sie mit seinem Getue einschüchtern konnte!

»Es ist gut, dass du zweifelst«, sagte Sinister. »Jedoch sind wir im Zweifelsfall immer einsam.«

»Äh, ja klar …«, stieß Jule hervor. »Ebenfalls noch einen schönen Tag!«

Sie drehte sich um und stapfte den Weg weiter nach oben.

»Mann, hat der einen Knall«, murmelte sie.

Konfusios Bude war verschlossen und er selbst nirgends zu sehen. Jule seufzte erleichtert und blickte hinauf zu den Bergspitzen. Ihre Gedanken schweiften zu dem, was sie über den Unfall ihrer Eltern erfahren hatte.

»Wären sie nur unten geblieben«, flüsterte sie. Obwohl, dann wäre stattdessen der Große Avarus, Konfusios Vater … Kasimir kam an ihre Seite und schmiegte sich an sie. Jule kraulte ihn gedankenverloren.

»Ich könnte mir ja einfach vorstellen, dass sie mich nachts wirklich besuchen.« Da musste Jule ein bisschen lächeln.

Von unten klang die Musik des Wunschrondells zu ihr. Dazu Gelächter und Stimmen und die Rufe des Magischen Gustavs, der den Beginn seiner Vorstellung ankündigte.

»He, was war …?« Jules Blick streifte über die Felsen. Dort stand doch jemand!

»Konfusio? Bist du das?« Ihr Ruf wurde von den Steinwänden hin und herumgeworfen. Aber keine Antwort schallte zurück. Da, ein Schatten! Doch ehe sie mehr erkennen konnte, war er verschwunden. Nichts als der blanke Fels.

Kasimir knurrte leise und wackelte lauschend mit den Ohren.

»Stimmt, da ist was!« Jule hielt die Luft an. »Klopft da nicht jemand? Das ist unter uns, oder? Im Berg drinnen! Wie dieses komische Brummen.« Als sie einen Schritt machen wollte, bellte Kasimir heiser auf. Er huschte ihr zwischen die Beine und zwickte sie ins Hosenbein. Doch zu spät. Jule wollte den Fuß auf den Boden setzen und … da war kein Boden! Mit einem Aufschrei fiel Jule ein ganzes Stück nach unten und landete schmerzhaft auf dem Hintern. Sie starrte hinauf, in Richtung der schmalen Luke, durch die sie gerade geplumpst war. Ein Streifen hellen Tageslichts schien zu ihr in die Dunkelheit. Flimmernd tanzte der Staub darin. Sie war in einer Höhle gelandet!

Ihr Herz schlug so laut in ihren Ohren, dass es sich wie dumpfer Trommelschlag anhörte. Ächzend rappelte Jule sich auf.

»Eine Falle! Das ist eine Falle!« Sie reckte sich auf Zehenspitzen zu der Öffnung. »Mist, verdammt! Zu hoch!« Wie sollte sie da wieder rauskommen? Und keiner wusste, dass sie hier war!

Sie öffnete den Mund, um laut nach Hilfe zu rufen – da erschien Kasimirs Schnauze über dem Abgrund. »Hey, Dicker! Also, es wäre echt super, wenn du vielleicht jemanden herholen könntest. Verstehst du?«

Kasimir winselte leise und Jule presste die Lippen aufeinander.

»Natürlich nicht. Du bist ja nur ein Fuchs«, stieß sie hervor.

Und jetzt? Wie sollte sie wieder rauskommen? Wer weiß, wie lange es dauern würde, bis jemand, Mo, Emma oder ein anderer Wunschelberger, auf die Idee kam, sie auf dem Plateau zu suchen? Und dann mussten sie erst einmal dieses dämliche Loch finden!

Jule atmete tief durch. »Ruhig bleiben«, flüsterte sie, aber ihr Herz raste immer noch so sehr, dass es wehtat.

Allmählich gewöhnten sich ihre Augen an die Dunkelheit und sie erkannte zwei Abzweigungen, die in enge, noch viel dunklere Gänge führten. Jule lauschte. Irgendwo dahinten erklang ein Geräusch.

Ein Scharren. Ein Kratzen.

Das Klopfen war verstummt.

»Was ist das? Oder wer?« Jules Augen brannten. Aber wenn sie in Tränen ausbrach, würde ihr das auch nichts nützen.

Sie holte tief Luft und trat langsam, auf Zehenspitzen, bis an die Abzweigung, aus der die Geräusche zu ihr drangen. Sie hatte nicht mal eine Taschenlampe. Und was, wenn sich da hinten derjenige versteckte, der sich diese Falle ausgedacht hatte?

Emma stürmte auf Mo zu. »Sag mal, hast du Jule gesehen? Bei Silvie ist sie nicht!«

Mo verschluckte sich vor Schreck an seinem Nachmittagspopcorn. Während er hustend den Kopf schüttelte, klopfte ihm Emma den Rücken, als wäre er ein Schnitzel.

»Die is' eh zur Zeit so komisch!«, sagte Mo, als er wieder Luft bekam. »Vielleicht sollten wir sie einfach mal in Ruhe lassen!«

Einen Moment zögerte Emma. »Aber gerade wenn es einem schlecht geht, braucht man doch Freunde!«

Mo zuckte mit den Schultern. »Jule is' da eben anders. Die braucht etwas Zeit, dann wird das schon wieder!«

»Wenn du meinst«, seufzte Emma.

Ruhig bleiben. Nachdenken, sagte sich Jule wieder. Sie atmete tief durch, schloss die Augen. Sie wagte nicht, laut zu rufen, weil sie sonst womöglich jemand hörte, vor dem sie lieber unbemerkt bleiben sollte. Also musste sie hoffen, dass sie gefunden wurde. Aber wenn man allein in einem dunklen, muffigen Loch kauerte, war die Hoffnung kaum größer als eine Staubfluse.

Noch einmal hob sie den Kopf zur Luke. »Kasimir?«, flüsterte sie.

Keine Spur mehr von ihrem wuscheligen Freund. Rücklings ließ sich Jule an der klammen, kalten Steinwand herunterrutschen und vergrub ihre Nase an ihren Knien. Wieder hörte sie das Klopfen. War es lauter geworden? Und war das *etwas* da hinten gefährlich? Jetzt konnte Jule die Tränen nicht mehr zurückhalten. Sie weinte leise vor sich hin – bis sie einen Windhauch spürte. Einen warmen Windhauch, seitlich in ihrem Nacken.

Jule wischte sich mit dem Ärmel die Tränen weg und spähte in die Dunkelheit. Die zwei Schatten! Auch das Flüstern erklang wieder. Aber sie war doch wach! Jule hielt die Luft an und lauschte.

Und während sie ganz genau hinhörte, formte sich das Wispern zu Lauten:

»Lausche dem Klagen des Berges!«

»Aber gib acht, dass du dich nicht darin verlierst!«

Es waren die Stimmen ihrer Eltern, daran zweifelte Jule keine Sekunde. Und das wirkte einerseits beruhigend auf sie. Zugleich aber kroch ihr eine kalte Gänsehaut von den Zehenspitzen bis in die Ohrläppchen. War sie jetzt völlig verrückt geworden? Oder waren ihre Eltern als Geister …? So ein Quatsch! Wenn man panisch war, sah man merkwürdige Sachen. Gespenster gab es nicht. Nicht mal auf dem Wunschelberg. Obwohl Jule zugeben musste, dass sie über ihre Gesellschaft froh gewesen wäre.

Emma saß im Schneidersitz auf der Zauberwiese. Nach wie vor tummelten sich an allen Buden die Besucher – und Emma konnte noch so genau hinsehen, Jules brauner Haarschopf war nirgends darunter. »He! Kasimir!« Der Fuchs huschte zu ihr und stupste sie mit der Schnauze an. Dann nahm er sogar einen Zipfel ihrer Hose zwischen die Zähne und zog daran – mit einem leisen, aber dringlichen Knurren.

»Kasimir! Was soll das?«

Der Fuchs ließ tatsächlich los. Er sah Emma auffordernd an und stieß ein aufgeregtes Keckern hervor.

Da verstand sie endlich, dass der Fuchs ihr etwas sagen wollte. Sie rappelte sich vom Boden auf.

Kasimir lief aufgeregt auf und ab. Abwechselnd warf er ein paarmal erst Emma, dann den Bergspitzen einen Blick zu.

»Ist Jule etwa da oben?«

Anstatt eine Antwort zu geben, schlug Kasimir den Weg zum oberen Plateau ein. Emma rief schnell Mo dazu, dann ging es hinauf zu den Felsenohren.

»Was habt ihr es denn so eilig?«, wunderte sich Konfusio, der wieder an der zukünftigen Superattraktion herumschraubte und schnell ein großes weißes Tuch über seine neuen Basteleien – einen Haufen blinkender Metallteile – breitete.

»Kasimir will uns was zeigen!«, erklärte Emma hastig und folgte dem Fuchs weiter auf die Felsen zu. Der hatte es so eilig, dass die drei kaum hinterherkamen. Und dann, ganz plötzlich, stoppte er.

»Eine Höhle!«, stieß Emma hervor. Sie, Mo und Konfusio blickten vorsichtig über den Rand des Loches.

»Jule! Bist du dadrin?« Das Echo hallte dumpf an den Felsen.

Keine Antwort.

Emma spähte über die Kante, aber es war zu dunkel, um etwas zu erkennen.

»Wart mal!« Mo knipste seine Handytaschenlampe an. »Da unten! Da ist doch jemand! JULE?«, rief er.

»Ja! Ich … ich bin hier!« Eine leise, wackelige Stimme erklang. Dann erschien Jules Gestalt im Lichtschein.

Mo ging in die Hocke und hielt das Handy in den Schacht. »Alles klar? Bist du verletzt?«

»Alles … äh, okay. Nur mein Hintern tut weh.«

»Wir brauchen ein Seil oder so was«, überlegte Emma. »Schnell!«

Noch einmal schwenkte Mo die Taschenlampe hin und her. »Nee, brauchen wir nicht!«, stieß er triumphierend hervor. »Da in der Nische, unter der Kante. 'ne *Strickleiter!*«

»Eine Strickleiter? Wer hat die denn dahin getan?«, wunderte sich Emma.

Mo zuckte mit den Schultern, löste einen Haken und ließ sie nach unten fallen.

Kurz darauf erschien Jules blasses Gesicht in dem Loch. Mit einem schweren Seufzen schob sie sich über den Rand.

»Ich bin reingefallen. Ich dachte erst, das ist eine Falle. Aber mit der Leiter sieht es eher wie ein versteckter Eingang aus! Dann waren die Geräusche da unten … doch nur ein Tier oder so.« Jule schlug die Hände vors Gesicht. Obwohl sie sich auf die Lippen biss, konnte sie die Tränen schon wieder nicht zurückhalten.

Emma legte ihr vorsichtig einen Arm um die Schultern. »Ist ja gut. Wir sind da. Kasimir hat uns hergeführt.«

Jule versuchte zu lächeln, aber es klappte nicht. Der Schreck saß ihr zu tief in den Knochen. »Wenn Kasimir nicht gewesen wäre … Wer weiß, wann ihr mich gefunden hättet!«

»So lange hätte der Wunschelberg schon auf dich aufgepasst!«, war sich Emma sicher. Sie hörte sich so überzeugt an, dass Jule sich sofort etwas besser fühlte.

»Was hast'n hier oben gemacht?«, wunderte sich Mo.

»Ich … ach, nur Frischluftschnappen. Ich konnte ja nicht ahnen, dass mich dabei der Berg verschluckt!«

»Und wer hat den Eingang versteckt? Sollten wir besser rausfinden, hm?« Mit ungewöhnlichem Tatendrang begann Mo sofort, die Leiter hinunterzusteigen.

»Mach mal langsam!«, versuchte Emma ihn aufzuhalten. Sie sah Jule besorgt an. »Du siehst aus, als hättest du ein Gespenst gesehen.«

»Alles gut. Nur der Schreck!«

Allerdings entging Emma nicht, dass Jule einen Moment zögerte, ehe sie zu Mo nach unten kletterte.

»Wartet, wo ein Geheimnis lauert, da kann ich nicht fernbleiben!«, rief Konfusio und folgte den beiden in die Tiefe.

»Schaut mal, wie schön!« Als auch Emma unten angekommen war, fuhr sie mit der Hand über das Gestein. Es funkelte und schimmerte im Licht von Mos Lampe wie eine riesige Schar Glühwürmchen.

»Der Wahnsinn!«, raunte Jule. »Als ob das alles aus Silber ist! Oder unzähligen Diamanten!«

Mo bekam nur ein völlig verdutztes »Wow!« hervor. Mit seinem Handy knipste er sofort ein paar Bilder. Aber der unterirdische Funkelzauber wollte sich nicht auf einem Bildschirm fangen lassen.

»Ein ganz besonderer Ort«, sagte der Mittelgroße Konfusio staunend. »Er liegt aber auch im besondersten aller Berge!«

Emma nickte ehrfürchtig. »Hier unten ist das Herz des Wunschelbergs.« Ihr Blick fiel auf eine der Abzweigungen.

»Los, da lang!« Mo wendete den Blick von der Glitzerwand ab und bog in den ersten Gang ein.

»Nur zur Info, da hinten hab ich vorhin was Seltsames

gehört! Bestimmt irgendein Tier«, bremste ihn Jule. »Und irgendwie riecht's hier komisch. So, bitter.«

»Das ist der Geruch des Abenteuers«, witzelte Mo.

Und obwohl der Gang dunkel und muffig war und ihre Knie ganz weich waren, musste auch Emma grinsen. Bis sie die Luft anhielt und lauschte. »Und das Grollen? Was wenn das wieder losgeht und uns ein Felsbrocken auf den Kopf fällt?«

»Wir gehen ja nicht weit! Nur mal gucken!«, erwiderte Mo. Er war schon ein ganzes Stück weiter vorne im Gang. Die anderen folgten ihm neugierig.

Wo die Wissenschaft leuchtet, verblasst fantastisches Funkeln

Jule ging als Letzte in der Reihe, ein ganzes Stück hinter den anderen, durch die Höhle. Sie fand den Geruch immer noch schrecklich. Es war, als ob sie jeden Atemzug auf der Zunge schmeckte. Metallisch und bitter. Außerdem gingen ihr die seltsamen Worte nicht aus dem Kopf.

»Lausche dem Klagen des Berges!«

»Aber gib acht, dass du dich nicht darin verlierst!«

Hieß das, sie sollten aufpassen, dass sie sich hier nicht verliefen? Und dieses Klagen – sollte das bedeuten, dass es dem Berg schlecht ging? War das Grollen ein Zeichen, dass etwas nicht stimmte? Ach was, in der Panik hatte sie sich etwas zusammengesponnen. Mehr nicht! Jule beeilte sich, zu den anderen aufzuschließen.

»Autsch!«, entfuhr es Mo. Er war mit dem Kopf gegen die Decke gestoßen. Die wurde plötzlich so niedrig, dass die vier nur tief geduckt vorwärtskamen.

Nach ein paar Metern gelangten sie an eine Abzweigung. Eine unterirdische Kreuzung. Der zweite Gang war viel breiter und höher.

»Seht ihr das? Alte Gleise!« Mo leuchtete auf den Boden. Rostige Schienen liefen darüber.

»Ein alter Stollen! Anscheinend hat man hier früher etwas abgetragen. Diese wunschelschönen Glitzersteine vielleicht?« Konfusio pochte gegen die Felswand, die funkelte, als wäre sie aus klein gemahlenen Diamanten. Eine morsche Holzleiter lehnte an der Wand. Etwas weiter hinten baumelte eine längst erloschene Öllampe.

»Da vorn is' Licht!«, rief Mo.

Jule atmete tief durch. »Wenn sich hier jemand verstecken würde, hätte er es nicht so hell gemacht.«

Sie ging einen Schritt schneller.

Der Gang wurde immer breiter und höher. Schließlich standen sie in einer weiteren Höhle. Das Licht war so grell, dass sie blinzeln mussten. Erst dann erkannten sie den viereckigen Scheinwerfer – und in seinem Licht einen Mann, der vornüber auf Knien auf dem Boden kauerte. Er trug einen weißen Kittel, darunter ein Hemd mit Fliege. Wie besessen kritzelte der Mann auf einem Block herum. Er blinzelte kurzsichtig zu ihnen auf und kratzte sich mit dem Bleistift zwischen Ohr und seinen grauen Haaren. »Oha, Besuch!« Dann vertiefte er sich aber schon wieder in seine Aufzeichnungen.

»Tach auch«, murmelte Mo verdutzt.

Die Mädchen schauten sich ebenfalls verwundert um. Anstatt in einer muffigen Höhle waren sie in einem unterirdischen Labor gelandet. Mit einem surrenden Computer, einem Mikroskop und Regalen voller Aktenordner.

»Einen wunderschönen guten Abend, meine Damen und Herren«, erklang eine zweite Stimme.

Die vier fuhren überrascht herum. Fast hätten sie den anderen Mann übersehen. Zum einen, weil er etwas abseits, im Schatten der Beleuchtung stand. Zum anderen, weil sie bequem über ihn hinwegschauen konnten. Er war … nun … etwas kurz geraten.

»Danke, ebenso! Wenn auch nicht ganz Abend ist, was?«, erwiderte Konfusio lachend.

»Ha-ha-ha-ha«, lachte der kleine Mann mit.

»Ich hatte mal ’nen sprechenden Wecker, der hat sich genauso angehört«, flüsterte Mo.

Der andere, größere Mann steckte sich erneut den Stift hinters Ohr und setzte sich vom Boden auf. Seine Hosenbeine waren voller Staub und er klopfte sie schnell sauber. »Ich bin Professor Ambigius. Und Sie sind …?«

Der Professor hatte sich eigentlich an Konfusio gewendet, aber der war schwer damit beschäftigt, das unterirdische Labor zu beäugen.

Stattdessen ergriff Mo das Wort: »Wir gehören zum Wunschelberg. Also dem Jahrmarkt hier oben.«

»Oha. Der Jahrmarkt. Mit all diesen … *Phänomenen*. Ich habe viel davon gehört! Und allerlei Beobachtungen angestellt. Schon damals, als die Schausteller zum ersten Mal hier gastierten. Meine Aufzeichnungen umfassen mittlerweile fast 5000 Seiten.«

»Aufzeichnungen?«, murmelte Jule. »Könnte man auch ›schnüffeln‹ nennen, was?«

»Pssst!«, zischte Emma. Aber zu spät.

»Schnüffeln im Dienste der Wissenschaft«, erwiderte der Professor, klang aber kein bisschen beleidigt. »Was man wiederum intensives Forschen nennen kann.«

»Und was haben Sie rausgefunden?«, fragte Jule.

»Nun, die Angelegenheiten erweisen sich als hochkomplex. Ich muss noch ein paar Erhebungen anstellen. Daten sammeln, Formeln konzipieren – und die sind streng geheim! Auf jeden Fall steht es in Zusammenhang mit diesem einzigartigen Gestein!«

»Sie meinen, Sie können erklären, was hier Seltsames ... also was es mit diesem Berg auf sich hat?«, hakte Jule weiter nach.

»Aber gewiss. Ich bin Wissenschaftler. Die Wissenschaft kann alles erklären! Manchmal braucht es nur einen Moment länger – wenn sich die notwendigen Fakten so gut hinter Rätseln verstecken, wie es hier der Fall ist!«

»Das Geheimnis des Wunschelbergs besteht doch nicht aus Daten!«, protestierte Emma. »Das ist ...«

»Magie?« Geradezu mitleidig schaute der Professor sie an. Emma wurde rot und starrte zu Boden. »Ja. Genau. Magie!«, murmelte sie.

»Seht ihr das?« Der Professor deutete auf die Felsenwand, die vom Scheinwerfer hell beleuchtet war.

»Jo. Steine. Die kennen wir schon«, grinste Mo.

Der Professor überhörte den Witz. Vielleicht wusste er aber auch nicht, was ein Witz war. »Diese Kristalle. Ihre Zusammensetzung ... So etwas ist mir in meiner wissenschaftlichen Laufbahn noch nie untergekommen!« Als Nächstes zeigte der Professor auf ein kleines Kästchen mit blau leuchtender Digitalanzeige. Es gab ein leises Ticken von sich und verschiedene Ziffern erschienen darauf. »Alles deutet darauf hin, dass es sich um ein bisher unbekanntes Element handelt. Ein Stoff, der noch nirgends auf der Welt ausfindig gemacht wurde!« Der Professor wurde immer begeisterter. »Einmalig! Absolut einmalig. Eine wissenschaftliche Sensation! Mit einem unfassbaren Potenzial! Die Struktur ist wandelfähig. Kann sich innerhalb einer bestimmten Zeitspanne völlig neu zusammensetzen!«

»Ja und? Also, wozu soll das gut sein?«, fragte Jule.

Mit zwei Fingern strich Ambigius über den Felsen. Zärtlich, als wäre er ein winziges Vögelchen. »Es wird der Wissenschaft absolut neue Perspektiven bieten. Mehr darf ich noch nicht verraten.«

Jule betrachtete die vielen technischen Geräte. »Dann kommen die komischen Geräusche also von Ihnen! Aber was haben Sie denn bitte schön angestellt, dass der ganze Berg ins Wackeln geraten ist?«

»Falls ihr die Erschütterung meint – damit habe ich nichts zu tun!« Der Professor fuhr sich mit den Händen durch die Haare. »Es scheint sich um ein geologisches Phänomen zu handeln.«

»Ist das gefährlich?«, fragte Emma ängstlich.

»Ich habe alles genau vermessen. Es sind Bewegungen, die sich im Rahmen des Angemessenen belaufen. Absolut harmlos. So ein Berg ist ständig in Bewegung.«

Mo hob den Kopf zur Decke. »Und der Berg bröckelt uns sicher nich' auf die Birne?«

»Frühestens in zwei Komma drei Millionen Jahren. Es handelt sich um makrominimale Verschiebungen der geotektonischen Bergplatten. Wenn diese ausblieben, würde der Berg sich mittels seiner Kräfte selbst erdrücken. Ich kann euch gerne meine Berechnungen zeigen, aber ich bin mir sicher, mit euren durchschnittlich geformten Denkorganen werdet ihr die Formeln nicht ganz durchblicken.«

Da erwachte Konfusio aus seiner Starre und schnalzte mit der Zunge. »Wenn ich Sie korrigieren dürfte? Nicht nur, was unsere Denkorgane angeht! Durchaus sind hier im Erdinneren Kräfte von Bedeutung. Jedoch haben die eine andere Ursache. Äußerst spezifische energetische Schwingungen ...«

»Ach ja? Und Sie sind ... *Hobbyforscher*?« Der Professor musterte Konfusio mit einem herablassenden Blick.

»Ich bin der Mittelgroße Konfusio und weiß, wovon ich spreche!« Ziemlich eisig starrte Konfusio zurück.

»Mittelgroß? Soso ...«

»Also jedenfalls ist mit dem Berg alles in Ordnung?«, mischte sich Jule ein.

»Absolut kein Grund zur Beunruhigung. Und kein Grund, mich länger von der Arbeit abzuhalten! Wenn ihr also dann …« Der Professor nickte in Richtung des Höhlengangs.

»Aber Sie haben Ihren Kollegen noch gar nicht vorgestellt«, protestierte Mo. Er hatte den etwas steif wirkenden Herrn schon die ganze Zeit aus dem Augenwinkel gemustert.

»*Kollege*?! Wahrhaftig nicht! Ypsilon Doppelminus Null-Null ist allerhöchstens mein Assistent. Ein elektronischer Begleiter.«

»Einen wunderschönen guten Abend, meine Damen und Herren«, sagte Ypsilon Doppelminus Null-Null.

»Ignorieren Sie ihn einfach. Er neigt dazu, jeden vernünftigen Menschen in den Wahnsinn zu treiben. Es handelt sich um einen unausgereiften Prototypen.«

»Deswegen klingt der wie mein alter Wecker! Der Typ is' 'n Roboter!« Begeistert klopfte Mo dem Winzling auf die Schulter. »Autsch!« Er zog schnell seine Hand zurück. »Das ist ja voll fest! Klar, der schimmert ja richtig. Das ist Metall!«

»Ein besonderes Material, das ohne Probleme Jahrzehnte überdauern kann. Ich habe eine Ewigkeit daran getüftelt«, erwiderte der Professor stolz. Und mit ernster Miene fügte er hinzu: »Leider ist das Potenzial hier völlig verschwendet. Dieser Roboter ist … Schrott, sonst nichts!«

»Wozu haben Sie ihn dann dabei?«, fragte Jule.

»Handlangerarbeiten«, stieß der Professor abfällig hervor. »Essen holen. Rücken kratzen. Werkzeug reichen. Proben sortieren.«

»Wahnsinn!« Mo war völlig von den Socken, aber auch die anderen sahen schwer beeindruckt aus. Bis auf Konfusio. Der betrachtete Ypsilon Doppelminus mit gerunzelter Stirn.

»Ein Roboter? Nun ja, so innovativ ist das nicht. Mein Konfolomat dagegen ...«

»... hat noch 'nen leichten Wackelkontakt«, vollendete Mo den Satz.

Aber wieder verstand der Mittelgroße Konfusio keinen Spaß. »Und das ist nun wirklich kein Problem, das sich nicht im Nu beheben lässt!«

»Mein lieber Herr ... äh ...« Der Professor sah Konfusio fragend an, aber der hatte absolut keine Lust, ihm noch einmal seinen Namen zu verraten. »Glauben Sie mir, bei meinem künstlichen Menschen handelt es sich um eine absolute Sensation. Kein Vergleich zu dem, was andere *Roboter* nennen!«, fuhr er hochnäsig fort. »Jedenfalls, was das Nachfolgemodell angeht.«

»Und meine Konfologramme ...«, begann Konfusio, klappte dann aber den Mund zu. »Ich muss zurück an die Arbeit«, presste er hervor.

Mit den Worten machte er auf dem Absatz kehrt. Emma folgte ihm und Jule wollte sich ihnen anschließen. Doch Mo konnte seinen Blick nicht von dem künstlichen kleinen Herrn abwenden und blieb stehen.

»Ach noch was!«, wandte er sich erneut an Professor Ambigius. »Wissen Sie denn, was man hier früher abgebaut hat?«

»Gar nichts! Soweit ich durch alte Unterlagen in Erfahrung bringen konnte, scheint das ein Privatvergnügen gewesen zu sein. Ehe das ganze Inventar fertig war, wurde das Bergbauprojekt gestoppt. Man hat damals überall Kohle abgebaut. Die Steine waren für die Industrie völlig wertlos – aber dafür sind sie nun ein einzigartiger Schatz für die Wissenschaft!«, verkündete der Professor voller Inbrunst. »Dank meines Forschungseifers!«

Mo musste sich ein Grinsen verkneifen. Wenn so was möglich gewesen wäre, hätte der Professor seine Akten mit Zahlen und Formeln bestimmt geheiratet.

»Und wo führen die Gleise dann hin?«, fragte Jule.

»Zum Hauptzugang des Stollens – an der Rückseite des Berges!« Mit einem entschlossenen Nicken und einem wenig freundlichen Blick deutete der Professor in die Richtung. »Wenn ihr mich jetzt endlich weiterarbeiten lasst? Das hier ist kein Kinderspielplatz!«

»Aber wir …«, wollte Mo protestieren.

»… gehen ja schon«, beendete Jule den Satz. Nicht nur, weil sie keine Lust hatte, sich mit diesem Sonderling anzulegen. Sie fühlte sich hier unten in etwa so wohl wie in einem Haifischbauch.

Die Gäste waren verschwunden und die Sonne hatte sich vom Himmel verabschiedet. Die Wunschelberger setzten sich rund um ein knisterndes Lagerfeuer. Obwohl morgen Schule war, durfte auch Emma dabei sein. Der Duft von Stockbrot zog durch die Luft und die Wunschelberger schauten mit einem Lächeln in die knisternden Flammen. Nur Mo, Jule und Emma machten ziemlich nachdenkliche Gesichter.

»Was ist denn mit euch los?«, wunderte sich Silvie.

Die Kinder sahen sich an. Sollten sie alles erzählen? Wegen Jules Unfall konnte es schließlich ziemlich Ärger geben. Andererseits, vielleicht wussten die Erwachsenen etwas über das Bergwerk – und dass dort unten ein verrückter Professor herumschnüffelte, sollten sie auch besser erfahren!

»Wir haben da oben eine Höhle entdeckt, kennt ihr die?«, rückte Mo als Erster mit der Sprache heraus. Dass Jule die auf etwas unfreiwillige Art ausfindig gemacht hatte, ließ er einfach weg. Sonst hagelte es garantiert gleich Verbote, alleine bei den Felsen herumzustöbern.

Die Erwachsenen hatten von dem unterirdischen Stollen noch nie gehört und die drei erzählten von der Entdeckung, von ihrer Begegnung mit Professor Ambigius und dessen Überzeugung, eine Erklärung für den Zauber des Wunschelbergs zu finden.

»Der ist abgefahren, der Typ«, endete Mo den Bericht. »Und sein Robo sieht fast aus wie 'n Mensch!«

Emma nickte. »Konfusio ist ganz neidisch geworden. Deshalb hat er nicht mal Zeit zum Essen – er will seinen Konfolomaten schleunigst fertigkriegen!« Sie deutete mit einem Nicken in Richtung der Felsenohren. Dort oben war ein Lichtschein zu sehen. Konfusio, der noch immer – und zwar schon seit Stunden – an seiner neuesten Maschine herumschraubte.

»Das Geheimnis des Wunschelbergs lösen …« Madame Claire wog nachdenklich den Kopf hin und her. »Das ist wie einem Vogel die Federn zu nehmen!«

»Was wäre das Leben langweilig, wenn es nichts als eine etwas groß geratene Rechenaufgabe wäre!«, bekräftigte der Magische Gustav und zwinkerte Madame Claire zu. Die erwiderte den Blick mit einem sanften Lächeln.

»Dieser Ort hat mehr Fragen als Antworten – und vielerlei Gesichter.« Alle sahen vom Feuer auf, als Meister Sinisters klirrende Stimme erklang. Er saß etwas abseits, sodass sein Gesicht im Feuerschein nicht zu sehen war. »Keines davon ist richtig oder falsch.«

»Was meinen Sie damit?« Emma bemühte sich, ihre Worte fest klingen zu lassen.

Jule stöhnte leise auf: »Können Sie sich nicht *ein* Mal klar ausdrücken?«

»An diesem Ort gibt es keine Klarheit. Wer diese sucht, sollte in seinem Schneckenhaus bleiben.«

Emma starrte Sinisters dunklen Schatten an. So düster er war, schien er doch zu ahnen, was hier vor sich ging. Sie merkte, wie Meister Sinister ihren Blick erwiderte. Und obwohl sie sein Gesicht kaum sehen konnte, war es ihr, als ob er lächelte.

Auf steinernen Pfaden trifft man unverhoffte Gäste

»Habt ihr Lust, noch mal in die Höhle zu schauen?«, fragte Mo am nächsten Nachmittag und klopfte auf seine Hosentasche. »Über das alte Bergwerk find ich einfach absolut nix im Internet. Anscheinend hat der Professor recht. Es is' nie in Betrieb genommen worden. Aber die ganze Geheimnistuerei is' schon seltsam.«

Emma hob zweifelnd die Schultern. »Dieser komische Prof … Der dreht doch durch, wenn wir wieder da unten auftauchen.«

»Als ob der Berg ihm gehört«, murrte Jule.

»Guckt euch die mal an!«, flüsterte Mo in dem Moment.

»Die amüsieren sich aber nicht gerade«, wunderte sich auch Emma.

Die waren zwei Männer. Schicke Anzüge, glänzende Schuhe, Aktenkoffer. Sie musterten die Buden. Und zwar so, als ob sie mit ekligem Glibber überzogen wären und nach vergammelten Eiern röchen.

»Hoffentlich stecken sie die anderen nicht mit ihrer Laune an«, sagte Jule kopfschüttelnd. »Wie hat es die denn hierher verschlagen?«

»Vielleicht hatte ihr Navi 'nen Wackelkontakt?«, überlegte Mo. »Auf jeden Fall wissen die nich', wie Spaßhaben geht! Die Ärmsten.«

Nur ein paar Schritte weiter blieben Jule, Emma und Mo an Gustavs Bude hängen. Sie hatten viele seiner Tricks schon tausendmal gesehen – aber es machte immer wieder Spaß, die Leuten beim Staunen zu beobachten.

»Verehrtes Publikum. Wenn ich mir erlauben dürfte, um Ihre Aufmerksamkeit zu bitten!« Der Magische Gustav schloss die Augen, breitete langsam seine Arme aus. Wie immer, wenn es um seine Zaubereien ging, machte er ein hochkonzentriertes Gesicht, bei dem seine Stirn sich kräuselte wie ein Tümpel im Abendwind. Emma, Mo und Jule lächelten stumm vor sich hin. Sie spürten genau, wie die Luft leise zu knistern begann. Ein sanftes Flimmern umwaberte den Magischen Gustav. Alle ringsherum waren so still, dass man die Atemzüge einer Feldmaus hätte hören können. Emma bekam ein ganz warmes Gefühl im Bauch.

Jule musste an Konfusios Energien denken und das fühlte sich so wunderbar kribblig an! Wer weiß, vielleicht würde der Professor genau diese seltsamen Ströme berechnen. Und dann? Wenn die Formel stand? War es dann wirklich nicht mehr möglich, sich wegzuträumen? Bei einem Film gruselte man sich doch auch, obwohl man wusste, dass es nicht echt war! Gleichzeitig brauchte man keine Angst zu haben, dass es *richtig* gefährlich wurde.

Etwas störte Jules Grübeleien. Ein Geruch. Ein unangenehmer Geruch. Bitter legte sich der Geschmack auf ihre Zunge.

»Brennt hier etwas?«, rief jemand.

»Dieser Gestank!«

»Nicht zum Aushalten!«

»Ich … Ich versteh das nicht!«, stieß Gustav hervor.

Der Zauber war vorbei, ehe er begonnen hatte.

Tuschelnd und kopfschüttelnd wendeten sich die Gäste ab, einige machten sich sogar daran, den Wunschelberg zu verlassen.

»Merkt ihr das auch? Ich meine, merkt ihr das auch *nicht*? Das Knistern ist weg!«, fragte Emma.

»Vielleicht bin ich einfach zu alt. Und unsere Sensationen sind so verstaubt …« Der Magische Gustav nahm seinen Zylinder ab und klopfte auf die Krempe. »Wie mein oller Hut.«

»Du meinst wegen dem Gerede vom Bürgermeister?! Da darfst du dich nicht so verunsichern lassen. Der Wunschelberg ist klasse so, wie er ist. Und wenn Konfusio erst seine neue Attraktion fertig hat, dann hat der Bürgermeister auch nichts mehr zu meckern!« Mo seufzte und wuschelte sich durch seine Chaosfrisur. »Lust auf was Süßes? Beruhigt die Nerven!«

»Autsch!« Auf dem Weg zu Silvies Wagen, war Emma plötzlich stehen geblieben und Mo ihr genau in den Rücken geknallt.

»Was 'n los?«

Auch Jule drehte sich nach ihren Freunden um.

Emma starrte auf eine Stelle am Wegrand. »Die Blumen!« Sie ging in die Hocke. Langsam streckte sie die Hand nach einem Blütenblatt aus – und hielt auf einmal inne. Als ob sie sich daran verbrennen könnte. »Sie sind schwarz!«

»Hä? Waren die nicht mal bunt? Außerdem …« Schon hatte Mo wieder Handyrecherche betrieben. Er nickte. »Es gibt keine schwarzen Blumen. Keine passenden Pigmente. Dunkellila ist das Dunkelste!«

»Das ist *pech*schwarz!« Emma nahm ein Blütenblatt zwischen zwei Finger. Sie zupfte es herunter und roch daran. Sofort verzog sie das Gesicht. »Das riecht total komisch. Irgendwie muffig.«

»Vielleicht ist es eine Pflanzenkrankheit. Oder Läuse?«, überlegte Jule. Dabei wusste sie eigentlich, dass hier auf dem Wunschelberg die Dinge meistens nicht ganz so einfach zu erklären waren.

Die drei gingen zu Tante Silvies Bude. Dort angekommen, packte Emma Jule am Pulloverärmel. »Als ob wir nicht schon genug Ärger haben. Ich … ich dreh durch! Die spinnt doch!«

»Nee, oder? Was bildet die sich ein?« Empört preschte Jule voraus, die anderen folgten ihr zögerlich.

»Hey, Überraschung, schaut mal, wer hier ist!« Ehe Jule losmotzen konnte, hatte Silvie einen Arm um sie gelegt. »Eure Klassenkameradin hat mir gerade erzählt, wie sie sich freut, dass ihr jetzt zusammen in die gleiche Klasse geht. Zeigt ihr doch mal alles – ihr könntet sie ja auch mal hinter die Kulissen blicken lassen!«

»Total gern! Mein Papa war schon mal hier und hat gesagt, ich muss unbedingt mal hier hoch!« Jenny grinste Silvie an. Und die merkte nicht, wie falsch dieses Lächeln war!

»Also, ich glaub, ich …« Jule war kurz davor wie ein Stier mit dem Fuß auf die Erde zu stampfen, um sich dann auf Jenny zu stürzen. Schleimte die sich tatsächlich bei ihrer Tante ein? »Nein, danke, wir machen garantiert keine Führung mit der!«

»Jule … Aber …«

»Das ist Jenny, alles klar? *Die* Jenny!«

Ein Schatten huschte über Jennys Gesicht und ihr perfektes Lächeln wurde etwas wackelig. Aber nur eine halbe Sekunde lang. »Ach, schon okay, wenn ihr zu tun habt. Hier ist ja auch viel los! Ich komm einfach morgen wieder!«

Sie gab Silvie zum Abschied die Hand – und schenkte Jule, Emma und Mo einen triumphierenden, kalten Blick. Silvie bemerkte ihn nicht.

»Das ist *die* Jenny, mit den vielen blöden Sprüchen? Wirklich? Die sieht total nett aus!«

»Weil sie eine falsche Schlange ist!«, sagte Jule.

»Jetzt macht sie uns hier auch noch Ärger.« Emma schüttelte den Kopf. »Als ob wir nicht schon genug davon haben!«

»Was gäbe ich nicht für 'nen Robo. 'nen riesigen, der die Schnepfe in einem Happs verschluckt und ganz weit weg von hier wieder ausspuckt!«, schimpfte Mo.

»Vielleicht tut es ihr ja leid und das war … so was wie eine nette Geste?!«, fragte Silvie vorsichtig. Die hatte es am liebsten, wenn die Stimmung so war, wie ihre Lieblingsfarbe: regenbogenbunt.

»Ja. Genau. Und ich bin der Osterhase«, stieß Jule trocken hervor.

Emma lächelte Silvie an. Sie meinte es ja nur gut. Aber das half ihnen leider auch nicht weiter.

Mo, Emma und Jule saßen auf dem oberen Plateau unter den Felsenohren, um die Lage zu besprechen.

Von Konfusio war nichts zu sehen. Aber aus seinem Wagen klangen immer wieder Geräusche. Ein Fluchen. Ein Klirren.

Mo seufzte. »Klingt nicht so, als ob er bald fertig ist.«

»*Ich komm einfach morgen wieder*, pfff! Die soll es wagen, hier noch einmal anzutanzen!«, fauchte Jule.

»Verbieten können wir es ja schlecht«, erwiderte Emma.

»Hm«, war Mos Kommentar. Er starrte auf den Boden

zwischen seinen Füßen und ließ Erde durch die Finger rieseln. »Wir könnten aber dafür sorgen, dass sie freiwillig nich' noch mal auftaucht!«

»Du meinst ... vergraulen? Das gibt nur Ärger!«, warnte Emma.

»Und wie willst du das machen?«, fragte Jule.

Mo grinste die Mädchen an. »Wie wär's mit 'nem hammermäßigen Riesenschreck? Ich hab' da 'ne Idee ...«

In der Dämmerung machte sich Emma auf den Heimweg. Ihr Blick schweifte über die Buden. Die Lampions und Lichterketten leuchteten wie riesige farbenfrohe Glühwürmchen. Sinisters Spiegelkabinett allerdings lag leer und schwarz in der Dunkelheit.

Nur eine Kerze flackerte hinter der Luke das kleinen Verschlags, in dem Sinister hauste. Emma starrte in den Lichtschein – als plötzlich die hölzerne Eingangstür knarzte. Sinister erschien in dem schmalen zuckenden Lichtschein. Emma wich einen Schritt vor ihm zurück.

»Besuch? Sag bloß, du willst mehr über die andere Seite der Magie erfahren?«

Emma schüttelte schnell den Kopf. »Nein! Ich ... Also ...«

Ein schmales Lächeln erschien in Sinisters grauem Gesicht. »Du brauchst keine Angst zu haben. Das Dunkel und die Helligkeit gehören zusammen wie Tag und Nacht. Das eine kann ohne das andere nicht existieren.«

Meister Sinister machte eine Art Knicks und winkte Emma näher zu sich heran. Die holte Luft – und machte einen Schritt auf die düstere Gestalt zu.

Falsches Spiel mit alten Geistern

Als Jule, Mo und Emma am nächsten Tag von der Schule nach Hause kamen, boten sie ein trauriges Bild. Emma ließ den Kopf hängen, in Jules Augen lag ein grimmiges Funkeln und Mo hinterließ bei jedem Schritt eine nasse Spur im Kies. *Irgendjemand* hatte Mos Rucksack ins Waschbecken geworfen und den Hahn voll aufgedreht. Und *irgendjemand* war diesmal nicht Jenny gewesen – was die Angelegenheit nicht besser machte.

»Die hat alle auf ihre Seite gezogen!«, schimpfte Jule. »Jeder tanzt nach ihrer Pfeife. Höchste Zeit, dass wir was dagegen tun.«

Mo sagte gar nichts und Emma seufzte. »Hoffentlich klappt alles so, wie wir uns das vorstellen. Was, wenn Jenny heute gar nicht auftaucht?«

»Klar klappt das! Hast du nicht gesehen, wie groß ihre Ohren geworden sind, als wir getuschelt haben? Die hat mitgekriegt, dass es eine geheime Höhle gibt, und das ist Grund genug, uns hinterherzuschnüffeln! Da wette ich was!«

Und tatsächlich erschien am Nachmittag Jennys mit mindestens tausend Bürstenstrichen gepflegte Haarpracht hinter der Bergkuppe. Und kurz darauf natürlich auch der Rest von ihr.

»Oh, hoher Besuch«, empfing Jule sie.

»Ist ja nicht verboten, herzukommen, oder?«, blaffte Jenny sofort zurück.

»Nee, du darfst gern 'ne Runde Karussell fahren, kein Ding!«

Jenny rollte mit den Augen. »Kleinkinderkram. Reicht, wenn *ihr* das den ganzen Tag macht.«

»Und was haste dann hier oben vor?«, bekam nun auch Mo ein Wort heraus. Jennys Gemeinheiten ließen ihn in ihrer Gegenwart verstummen wie einen extraschweigsamen Maulwurf.

Jenny zuckte mit den Schultern. »Ich muss mich nicht vor euch rechtfertigen!«

»Nö. Wir sind froh, wenn wir nicht mit dir zu reden brauchen! Also dann, wir müssen weiter. Viel Spaß beim … was auch immer!« Jule drehte sich um und bog um die nächste Ecke. Mo und Emma folgten ihr.

Als Jenny außer Sichtweite war, machten sie einen Schlenker, gingen hinter den Buden herum und kletterten, durch Gebüsch und über Geröll, auf das obere Plateau. Dort huschten sie hinter einem Felsen in Deckung – und mussten nicht lange warten, bis auch Jenny dort oben erschien.

»Also los!«, flüsterte Emma.

Die anderen beiden nickten. Bevor sie sich auf den Weg zum Höhleneingang machten, ließ Mo auf zwei Fingern einen schrillen Pfiff los.

Er wurde von den Felsenohren hin und her geworfen, dass es sich wie ein ganzes Fingerpfeifkonzert anhörte. Dann konnte es endgültig losgehen.

Emma, Mo und Jule kletterten vorsichtig die Strickleiter hinunter. Mo knipste die Taschenlampe am Handy an. »Da lang!« Sie bogen in den ersten Gang. Hinter der Biegung warteten sie. Mo hängte eine alte Öllampe – eine Leihgabe von Franz im Glück – an einen Felsvorsprung. Wenige Minuten später geriet die Strickleiter ins Wackeln.

Mo, Emma und Jule warfen sich einen Blick zu. Ihr Plan

schien bestens zu funktionieren. Jule zog noch schnell ein Taschentuch aus ihrer Hose und ließ es auf den Boden fallen. Dann gingen sie weiter.

Jeder Stein, der unter ihren Füßen knirschte, warf ein unheimliches Echo an den steinernen Wänden. Immer wieder huschte etwas vor ihnen über den Weg. Da ein Kratzen, hier ein leises Quieken.

»Nur Ratten. Die machen nix«, flüsterte Mo. Seine Stimme klang kratzig.

Manchmal zuckten sie zusammen, weil sie etwas im Gesicht berührte. Spinnenweben. Beim letzten Mal, unter den Scheinwerfern des Professors, hatte alles ganz anders ausgesehen. Aber gut. Wenn sie sich schon gruselten – dann würde es Jenny vermutlich nicht viel anders gehen!

Sie liefen weiter, bis die Abzweigung in die größere Höhle abknickte. Dort warteten sie. Ganz leise. Bis Jenny sie eingeholt hatte.

»Sag mal, spinnst du? Das hier unten geht dich gar nichts an!«, waren Jules Begrüßungsworte.

Jenny wischte sich eine Spinnwebe aus den Haaren. »Ach ja? Gehört der Berg etwa euch?«

Jule verschränkte die Arme und musterte Jenny von ihren weißen Röhrenjeans bis zur superschicken roten Lederjacke. »Verzieh dich!«

»Ganz bestimmt nicht!«, patzte Jenny zurück. »Ich krieg schon raus, was ich hier auf keinen Fall sehen soll!«

Jule schnaubte.

Emma räusperte sich. »Na gut. Wenn wir dich schon nicht loswerden … Ich glaub, ich hab eine Idee. Eine, von der wir alle was haben!«

Jenny warf sich ihre Haare hinter die Schultern. »Um was geht's?«, fragte sie betont genervt.

»Um etwas, das es nur hier unten gibt«, erklärte Emma. »Etwas absolut Einzigartiges. Aber wir zeigen es dir nur unter zwei Bedingungen: Erstens, du darfst niemandem davon erzählen, und zweitens, im Gegenzug lässt du uns in Ruhe! Keine blöden Sprüche mehr. Keine Streiche. Nix!«

Jenny grinste. »Hey, das war doch nur 'n Witz!«

»Ein Witz?«, entfuhr es Emma. »Du … du …« Sie atmete tief durch. Dann biss sie die Lippen aufeinander. Das ganze letzte Schuljahr hatte sich der Ärger über diese eingebildete Zicke bei ihr aufgestaut. Würde der jetzt herausplatzen, würde der Berg *richtig* ins Wackeln geraten.

»Ist ja gut. Von mir aus!« Jenny hob die Hand, die anderen schlugen ein.

»Mir nach!« Mo winkte die Mädchen hinter sich her in

die Höhle. Und genau in dem Moment erklang das Grollen wieder. Der ganze Berg bebte.

Nur ganz sanft, aber eindeutig. Sie spürten es unter den Fußsohlen. Sand rieselte leise raschelnd von den Steinwänden.

Emma hob den Kopf zur Höhlendecke. »Wir sollten uns beeilen. Was, wenn das noch schlimmer wird?«

Keinem entging, wie Jenny die Lippen aufeinanderpresste. Aber so richtig konnten sie sich nicht darüber freuen, dass sie Bammel hatte. Ihnen ging es schließlich auch nicht anders.

»Vielleicht kommt das von 'nem unterirdischen Monster«, murmelte Mo. Es sollte wie ein Scherz klingen, das klappte aber kein bisschen.

»Psssst!« Emma blieb stehen. Auch die anderen verharrten wieder. Das Grollen war verstummt, aber ein anderes Geräusch ertönte. »Hört ihr das? Ist das ein Tier oder …« Sie verstummte für einen Moment. »Versteckt sich hier unten jemand?«, wisperte sie. So leise, wie man nur flüstern konnte, damit überhaupt noch ein Ton hervorkam.

»Ich warne euch. Wenn ihr mich veräppeln wollt …« Jenny hörte sich mindestens ein Drittel weniger schnippisch an als üblich.

»Keine Ahnung, was das für ein Geräusch ist.«

»Der Prof kann das nicht sein, weil …« Jule stockte. Dass Konfusio in den Plan eingeweiht war und den Professor aus der Höhle gelockt hatte, musste Jenny nicht wissen.

»Da vorne ist wirklich jemand!«, stieß Emma hervor.

»Ich warne euch …«, begann Jenny noch einmal. Dann unterbrach sie sich und lauschte dem leisen Surren.

»Und jetzt?«, flüsterte Mo. »Wer is'n das?«

»Eine Ratte oder ein Marder – ihr braucht gar nicht so zu tun, ich hab keine Angst!« Jenny schob sich an Mo vorbei. »Kannst du mal leuchten?«

»Jenny! Warte! Wir …« Emma warf Jule und Mo einen Blick zu. Das gehörte nicht zum Plan! Wer auch immer da hinten war – sie konnten diesem *jemand* doch nicht direkt in die Arme rennen? Und was, wenn das Beben noch schlimmer wurde?

Aber weil Jenny einfach weiterging, blieb ihnen nichts anderes übrig, als ihr schnell zu folgen, bis sie in die nächste größere Höhle gerieten.

Jule packte Jenny am Arm.

»Das tut weh!«

Doch Jule hörte nicht auf sie. »Hallo? Ist da jemand?« Ihre Stimme hallte an den Höhlenwänden wider. Ihr Herz hämmerte. Sie atmete durch den Mund tief ein. »Die Luft hier … Es ist so stickig!« Sie sehnte sich nach dem Ausgang.

Dem Tageslicht. Eigentlich sollte Jenny sich vor Schiss in die Hosen machen. Hier lief eindeutig etwas falsch!

Mo richtete die Lampe auf die Höhlenwände. »Niemand da. War nur ein Tier. Was sonst.« Er sah Jule und Emma fragend an. »Soll ich?«, formte er lautlos.

Eigentlich hatten sie alles ausgetüftelt. Sie wollten Jenny hier im Dunkeln, ohne das Licht der Lampe, ein bisschen schmoren lassen und etwas Gruselstimmung verbreiten. Stattdessen ging hier etwas vor sich, das nicht im Drehbuch stand!

Emma schüttelte den Kopf. »Wir brauchen das Licht«, flüsterte sie.

Auf einmal flackerte ein Schein in der Höhlenmitte.

Die Kinder erstarrten. Die zuckenden Blitze schienen sich zu einer Form zusammenzuschließen – bis daraus die Gestalt eines Mannes entstand! Etwas schummrig und verschwommen, aber eindeutig! Und er war nicht alleine. Neben ihm schimmerte ein weiteres seltsames Licht. Eine etwas durchsichtige, elegante und eindeutig ziemlich altmodische Dame erschien an seiner Seite. Und dann kam auch noch eine dritte *Person* – oder was auch immer – dazu. Der erste Mann war groß und schlank in einem eleganten Anzug. Der andere war ein ganzes Stück kleiner und pummeliger und wirkte ziemlich zerknautscht. Sein Hemd war zerschlissen und er trug Pluderhosen. Die Dame wiederum eine lange Robe und Perlenohrringe zu ihrer Hochsteckfrisur. Die Frau und der große Mann schienen auf den Dritten im Bunde einzureden. Die Frau mit einem Lächeln und scheinbar säuselnden Worten. Der Mann energisch und nicht sehr freundlich. Der in der Mitte wiederum sah mit einem unendlich traurigen Gesicht zu Boden. Zu hören war von all dem kein Ton.

»Mann, seid ihr bescheuert!« Hastig versuchte sich Jenny einen Weg aus der Höhle zu bahnen, Richtung Schienen. Sie rannte die Gleise entlang. Jule, Mo und Emma stürzten hinterher. Sie rannten und rannten – und gelangten bald darauf durch den Hinterausgang des Stollens zurück ans Tageslicht.

»Ihr … Ihr …« Jenny schnaubte. Sie schloss die Augen und atmete tief durch. Dann sah sie Jule, Emma und Mo mit einem vernichtenden Blick an. »Ihr werdet das bereuen!«

»Aber wir waren das nicht!«, protestierte Emma. »Das war … der Wunschelberg!«

»Verarschen kann ich mich selbst!«, schnaubte Jenny. »Ihr habt eure blöden Jahrmarktkumpels überredet, da unten herumzuspuken.« Sie funkelte die drei bitterböse an und stieg den Berg hinunter.

»Haben wir uns das eingebildet? Aber alle vier gleichzeitig. Das geht doch nicht!« Emma konnte nur den Kopf schütteln.

»Das waren Geister, was sonst!«, hauchte Mo.

Jule sagte gar nichts. Sie stand still, die Hände tief in den Hosentaschen vergraben, und starrte vor sich hin.

Sie konnte die Warnung der Traumgeister nicht länger ignorieren. Etwas Gefährliches ging im Berg vor sich! Und das musste sie ihren Freunden endlich sagen!

Ehe Jule es schaffte, Mo und Emma in die Augen zu sehen und ihr Geständnis zu beginnen, erklang eine andere Stimme:

»Nun, mit Einbildung hat es schon etwas zu tun. Meine Freunde sind schließlich Kraft meiner Imagination gebildet worden!«

»Konfusio! *Du* steckst dahinter?«, fragte Emma ungläubig.

Jule klappte der Mund auf. Tränen schossen ihr in die Augen. »Und ich dachte … Wir dachten …« Sie musste sich räuspern, weil ihre Stimme wie Sand knirschte. Dann schüttelte sie den Kopf und lachte laut auf. Ein bitteres Lachen. »Das war so klar!«

»Warum hast'n nix verraten?«, fragte Mo. »Ich hab mir fast in die Hose gemacht!«

»Was für eine Frage. Ihr solltet euch doch genauso gruseln ...« Konfusio zwinkerte ihnen zu. »... in dieser *Geisterhöhle*. Die neue Attraktion auf dem Wunschelberg. Einfach fantastisch, oder?«

»Das waren deine Konfologramme? Die waren ... so echt!«, staunte Emma. »Und das kam alles aus deinem Apparat?«

»Oh nein, ich habe dort unten noch ein paar Projektoren installiert. Anscheinend sind sie gut genug versteckt!«

Konfusio rieb vergnügt seine Hände aneinander. »Der Bürgermeister will eine neue Attraktion? Nun, in wenigen Tagen kriegt er sie!«

»Genial!«, stieß Mo hervor. »Das ist genau das, was dem Wunschelberg fehlt. Die Leute werden durchdrehen.«

»Aber was waren das für Gestalten?«, fragte Jule. »Diese altmodischen Klamotten. Und wie die miteinander diskutiert haben. Hast du dir die einfach ausgedacht?«

»Wisst ihr, in meinen Kopf spukt so einiges herum. Schon möglich, dass die drei auch darin waren!« Mit einem stolzen Lächeln strich Konfusio über seinen Konfolomaten.

»Und was ist mit Jenny?«, fragte Emma.

»Die wird bestimmt nicht zugeben, dass sie sich wegen

ein paar flackernder Schatten fast in die Hosen gemacht hat«, erwiderte Jule und lachte. Extralaut, damit sie dieses blöde Gefühl nicht mehr so stark spürte. Diese seltsamen Gestalten ... Sie hatten so echt ausgesehen. Als ob sie viel mehr wären als ein seltsamer Lichterzauber.

Hatte sie Konfusio unterschätzt? Oder steckte mehr dahinter? Viel mehr als alles, an das sie bis vor ein paar Tagen geglaubt hatte?

»Oh. Besuch«, murmelte Mo plötzlich.

Professor Ambigius trat mit schweren Schritten zu ihnen. »Herr Konfusio. Sie ... Lügner!«

Ambigius' Roboter folgte ihm in einer etwas knarzigen, deutlich weniger schwungvollen Gangart. »Ich wünsche einen guten Appetit, die Herr- und Damenschaften!« Er machte eine Verbeugung, bei der seine drahtigen Gelenke nur so surrten.

»Supermanieren«, schmunzelte Mo.

Der Professor hatte kaum einen Seitenblick dafür übrig. Stattdessen zeterte er los: »Ich verbiete mir dieses respektlose Verhalten. Was für ein billiges Ablenkungsmanöver – was erlauben Sie sich? Von wegen, der Bürgermeister hätte mich gerufen, um mit mir über mein Projekt zu sprechen.

Sie wollten mich loswerden, um meine Aufbauten durcheinanderzubringen, während ich im Tal herumlungere!«

Der Mittelgroße Konfusio bemühte sich sehr, nicht allzu breit zu grinsen. »Ich sehe schon, einem Mann der Vernunft kann man nichts vormachen. Aber erstens ist alles noch an Ort und Stelle und zweitens müssen Sie zugeben, dass der unterirdische Stollen nicht Ihnen gehört. Wir Wunschelberger haben ebenso ein Recht darauf, diesen Ort zu nutzen!«

»Meine Forschungen sind wichtiger als … Ihr Hokuspokus!«

Da rutschte Konfusio das Lächeln aus dem Gesicht. »Das hier ist ein Jahrmarkt. Ein zauberhafter Ort, an dem das Publikum den Alltag vergessen soll. Und ich trage mit meiner Attraktion meinen Teil dazu bei.«

»Aber meine Forschungen! Sie können doch nicht ein Dutzend Leute da hinunterlassen. Viel zu viel Erschütterung. Viel zu viel Kondenswasser. Und wer weiß, was Ihre seltsamen Strahlen mit dem uralten Gestein anrichten!«

»Papperlapapp! Dort unten ist genug Platz für uns alle. Sie dürfen in Ruhe weiterforschen und einen kleinen Teil der Höhle geben wir für Besucher frei. Ich finde, das ist eine sehr vernünftige Lösung!« Konfusio schmunzelte in sich hinein. »Es wird ja nur ein äußerst leiser *Hokuspokus*. Je leiser, desto gruseliger nämlich. Außerdem sind Sie völlig ungestört. Jeder bleibt in seinem Bereich!«

Der Professor runzelte die Stirn. »Sie lassen sich nicht davon abbringen, was? Dann erbitte ich mir wenigstens den nötigen Respekt für mein Schaffen.«

»Gegenseitiger Respekt, Kollege. Keine Frage!«, erwiderte Konfusio – wobei man dem Professor an der Falte zwischen seinen Augen ansah, dass er Konfusio ganz und gar nicht als einen *Kollegen* betrachtete.

»Dann mach ich mich mal wieder an die Arbeit. Doppelminus, antreten!«, zitierte Ambigius den Roboter an seine Seite.

Sein elektronischer Gefährte war allerdings anderweitig beschäftigt: Mo brachte ihm gerade bei, wie man mit den Bällen jonglierte, die er aus seiner Tasche hervorgekramt hatte. »Herrje! Du kannst doch seinen begrenzten Speicherplatz nicht mit solchem Unsinn belegen! Doppelminus, antreten! Sofort!«

Der Roboter jedoch fand die Jongleurskunst interessanter.

»Gönnen Sie ihm doch ma' ein bisschen Spaß!«, setzte Mo sich für seinen neuen Freund ein. »Sie sind ja nur am Meckern. Und wieso geben Sie ihm denn keinen richtigen Namen. Ernst-Theodor, zum Beispiel?«

Jule sah Mo an. »Ernst-Theodor?«

Professor Ambigius aber riss seinem Assistenten grob die Bälle aus den Händen und gab ihm einen Schubs in die richtige Richtung.

»Herzlichen Glückwunsch zum Geburtstag!«, ratterte der Roboter und machte wieder eine Verbeugung.

»War nett mit dir, Ernst-Theodor!«, erwiderte Mo. »Wenn du mal Zeit hast, kannste uns jederzeit auf der Zauberwiese besuchen. Ich wette, du bist noch nie mit dem Wunschrondell gefahren.«

Emma, Mo und Jule schlenderten über den Platz. Als sie an Gustavs Sternenwagen vorbeikamen, blieb Mo auf einmal stehen. »Schaut mal! Die Sterne sehen aus wie verrostet!«

»Blutrot!«, stieß Emma hervor.

»Da hat sich jemand einen total blöden Witz erlaubt!«, sagte Jule sofort. *»Was sonst?«*

»Warum sollte das jemand machen? Außerdem ...« Emma berührte den Stern mit ihrer Fingerspitze. Ganz vorsichtig, als ob der Lack ätzend sein könnte. »... ist die Farbe kein bisschen klebrig. Genau wie damals, als der Wohnwagen plötzlich wieder geleuchtet hat – nur umgekehrt!«

Mo kratzte sich am Kopf. »Hm, vielleicht hat der Wunschelberg 'ne neue Lieblingsfarbe?«

Jule zupfte sich an einer Haarsträhne. Wieder kam ihr die Warnung ihrer Eltern in den Sinn. Das Klagen des Berges. Blutrote Sterne. War das alles ein Zeichen? Hatte das etwas zu bedeuten?

»Was ist? Du siehst ganz erschrocken aus?«, fragte Emma.

Jule schüttelte sich. »Nichts! Da hat sich jemand einen blöden Scherz erlaubt. Wer weiß, vielleicht steckt ja Jenny dahinter.« Obwohl Jule keine Ahnung hatte, wieso sie die Sterne an Gustavs Wohnwagen anmalen sollte.

Der bittere Geschmack schwindender Hoffnung

Es war der erste Schultag ohne Ärger mit Jenny gewesen – aus dem einfachen Grund, weil sie gar nicht in der Schule gewesen war.

»Der ist peinlich, wie viel Bammel sie hatte«, vermutete Mo. Auch Emma schob ihre Zweifel ganz weit weg. »Schule ohne die Zicke – könnte man sich glatt dran gewöhnen.«

Aber noch etwas hatte sich im Gegensatz zum Vortag geändert: Die Sterne hatten schon wieder eine andere Farbe! Ein schmutziges Gelb … wie fauler Eidotter.

Mo berührte einen Stern. Wie am Tag zuvor war die Farbe trocken.

»Da veräppelt uns jemand!«, stieß Jule hervor. »Ist ja wohl eindeutig.«

Emma runzelte die Stirn. »Aber die Blumen waren nicht angemalt, oder?«

»Schauen wir sie uns doch noch mal an!«, schlug Jule sofort vor.

Sie eilten zu der Stelle, an der die pechschwarzen Blüten gestanden hatten.

»Weg. Keine einzige mehr da!« Emma bückte sich und tastete den Boden ab. Der blanke Schotter. Nichts wies darauf hin, dass dort jemals *irgendeine* Pflanze gewachsen war. »Ist das jetzt ein gutes Zeichen?«

Ehe sie eine Antwort bekommen konnte, erklang von der Zauberwiese Stimmengewirr zu ihnen herüber.

»Herr Bürgermeister! Sie kommen gerade rechtzeitig! Wir werden bald eine neue Attraktion eröffnen. Darf ich Ihnen zur Feier des Tages eine nagelneue Pralinensorte anbieten?«

Silvie eilte mit einem Tablett auf den Besuch zu. Erst auf den zweiten Blick merkte sie, dass der Bürgermeister ganz und gar kein begeistertes Gesicht machte.

»Kann ich bitte den Geschäftsführer sprechen?«, fragte er, ohne auf ihre Worte einzugehen.

»Äh … Wir haben keinen … Also, wir organisieren das doch gemeinsam und …«

»Irgendjemand aus Ihrer Truppe muss hier doch für die bürokratischen Angelegenheiten zuständig sein!«

Silvie fuhr zusammen, weil der Bürgermeister sich ziemlich ruppig anhörte.

Antonios Lippen wurden zu einem geraden Strich, als er die ernste Miene des Stadtoberhauptes sah. Nur sein geschminktes Harlekin-Lächeln grinste weiter. »Wie können wir Ihnen helfen?«, fragte er höflich.

»Es geht um diesen Standort. Die Stadt hat ein einzigartiges Angebot bekommen. Eine Investition – in den Berg und gleichzeitig in die Infrastruktur unserer Stadt.«

»Und jetzt noch mal ohne Fremdwörter?«, rutschte es Mo heraus.

Der Bürgermeister streifte ihn mit einem sehr unfreundlichen Blick. Es war, als wäre der nette Mann, der vor ein paar Tagen hier gewesen war, durch einen miesepetrigen Doppelgänger ausgetauscht worden.

»Der Wunschelberg wird verkauft und ein *richtiger* Freizeitpark errichtet. Modern. Sicher. Effizient. Ein Besuchermagnet!«

»Wie bitte?«, fragte Antonio, dabei hatte er ganz genau verstanden.

»Sie können natürlich mitarbeiten. Angestellte werden zur Genüge gebraucht. Aber all diese wackeligen Buden … die müssen weg!«

»Das sind keine wackeligen Buden, das ist unser Zuhause!«, rief Jule.

»Man kann hier doch nicht einfach …«, begann Emma.

»Ihr braucht gerade euren Mund aufzumachen!«, fuhr der Bürgermeister die Freunde an. »Mein Töchterchen liegt mit Fieber im Bett. Ihr habt dem sensiblen Kind einen Mordsschrecken eingejagt! Wahrscheinlich hat sie sich in diesem Loch auch noch eine Lungenentzündung eingefangen.«

»Was? Sie sind …« Jule starrte den Bürgermeister an.

»Aber Jenny hat doch einen ganz anderen Nachnamen!«

»Den Namen meiner Frau.«

»Jenny hat nie etwas gesagt«, stieß Emma hervor.

»Weil sie es nicht nötig hat, damit zu prahlen. Aber das tut ja wohl überhaupt nichts zur Sache!«

»Das war ein Scherz!«, warf Jule ein. »Und fragen Sie mal Jenny, was die uns schon alles …«

»Scherz? Da unten im Berg hätte wer weiß was passieren können!« Das Gesicht des Bürgermeisters war rot wie Lava. Nun wandte er sich wieder Antonio zu. »Sie haben eine Woche, um die Buden verschwinden zu lassen. Ansonsten wird alles zwangsgeräumt.«

»Wir werden das besprechen«, erwiderte Antonio leise.

»Wie bitte? Entschuldigung, ich habe da gerade etwas aufgeschnappt!« Ein Besucher sah den Bürgermeister fragend an. »Der Park wird geschlossen?«

»Modernisiert«, korrigierte der Bürgermeister – plötzlich wieder mit einem Lächeln. Das gleiche, das er immer auf seinen Wahlplakaten aufgelegt hatte.

»Aber das ist doch gerade das Schöne hier! Dieser Hauch von einer alten Zeit!«

Eine weitere Besucherin pflichtete ihm sofort bei. »Dieser Rummel ist gut so, wie er ist – eben weil er ein bisschen schrullig und so unglaublich gemütlich ...«

»Pfui Teufel. Also das ist ja ... eine Unverschämtheit!«

Alle wandten ihre Blicke einer Dame zu. Eben noch hatte sie beim Anblick von einer von Silvies Pralinen entzückt das Gesicht verzogen. Nun aber spuckte sie die Schokolade in ein Taschentuch – und sah dabei ziemlich angeekelt aus. »Was haben Sie denn da hineingepanscht? Die schmeckt scheußlich bitter!«

»Gar nichts. Also, nichts anderes als sonst!« Silvie fasste eine der Pralinen zwischen zwei Fingern und roch daran. Auch sie verzog das Gesicht. »Verzeihen Sie bitte. Ich kann mir das nicht erklären. Ich habe sie heute Morgen frisch zubereitet und da waren alle völlig in Ordnung!«

Die Frau schaute immer noch grimmig. Schnell kramte Silvie das entsprechende Kleingeld aus der Kasse und reichte es der Kundin. »So etwas ist mir noch nie passiert!«

»Vielleicht hast du versehentlich Salz statt Zucker genommen«, überlegte Jule.

Silvie starrte die Praline an. »Das kann ich mir nicht vorstellen! Außerdem – dieser seltsame muffige Geruch.«

Der Bürgermeister hatte all dem mit gerunzelter Stirn zugesehen. Nun verabschiedete er sich mit einem Nicken und ohne ein weiteres Wort.

Silvie unterdrückte einen Schluchzer. »Ausgerechnet jetzt!«

Während ein paar Leute mit der Dame über die verdorbene Praline tuschelten, waren einige Besucher zu Antonio, Silvie und den anderen getreten. Auch Loretta war da und der Magische Gustav.

»Ein moderner Jahrmarkt?«, fragte eine Frau. »Das werden wir nicht zulassen!«

»Wir organisieren eine Unterschriftenaktion!«, erklang es.

»Wir werden im Ort Plakate aufhängen.«

»Die Presse muss informiert werden!«

»Das können die nicht machen!«

»Der Wunschelberg gehört zu dieser Stadt – so, wie er ist!«

All die entrüsteten Ausrufe entlockten den Wunschelbergern zumindest ein kleines Lächeln. Aber ihre Blicke waren voller Sorge.

»Was habt ihr mit Jenny dort in der Höhle angestellt?« Silvie sah Jule, Mo und Emma ernst an.

»Das war nur Spaß! Ein alberner Streich. Na ja und dann kamen Konfusios *Geister* dazu. Das wussten wir vorher gar nicht. Und nun tut sie so, als ob sie vor Schreck fast gestorben wäre. Nur damit wir wieder die Doofen sind! Diese Schauspielerin!«, verteidigte sich Jule.

»Ich hätte euch wirklich für vernünftiger gehalten. Wenn ihr Jenny doof findet, dann benehmt euch doch nicht genauso doof! Ihr müsst euch bei ihr entschuldigen.«

»Was ... Aber ... Auf keinen Fall!« Jule verschränkte die Arme.

»Konnten ja nich' wissen, dass ihr Papa der Bürgermeister ...«, begann Mo.

»Darum geht es nicht!«, sagte Antonio. Mit einem tiefen Seufzer fügte er hinzu: »Obwohl es angesichts dieser Geschichte etwas schwieriger werden könnte, gute Argumente vorzubringen.«

Angesichts der kalten Macht erfriert die Zuversicht

Es war ein trüber, nasskalter, nieselregnerischer Nachmittag. Aber so konnten es die Wunschelberger wenigstens auf das Wetter schieben, dass heute weniger Besucher als sonst den Kringelpfad hinauftrabten. Mo, Emma und Jule saßen unter dem Vordach von Madame Claires Zelt und lauschten dem Regentropfentrommelkonzert über ihren Köpfen.

»Vielleicht sollten wir uns doch entschuldigen«, schlug Emma vor. »Bevor wir es schlimmer machen, als es eh schon ist!«

»Nie-nie-niemals!«, erwiderte Jule, ohne auch nur eine

Millisekunde darüber nachdenken zu müssen. »Oder hat Jenny sich irgendwann mal bei dir entschuldigt?«

»Aber wenn das doch die Laune des Bürgermeisters bessert?«, beharrte Emma. Langsam hatte sie genug, sich von Jule immer herumkommandieren zu lassen. »Es geht um den ganzen Wunschelberg. Nicht nur um uns!«

»Ich-werde-mich-nicht-entschuldigen! Schluss!«

Emma seufzte und Mo kratzte sich an der Nase. Das förderte das Denkvermögen – und er brauchte schleunigst eine Idee für einen Themenwechsel:

»Konfusio muss turboschnell die Geisterhöhle fertigstellen. Wenn die Leute das erst gesehen haben …«

Jule zog ihre Füße an sich und schlang die Arme um die Beine. »Schon verrückt, dass der Konfolomat so gut funktioniert. Die Gestalten sahen wirklich aus wie echte Geister, oder?« Sie lachte laut auf. »Oder sind es echte?«

Mo schaute Jule von der Seite an. »Das meinste doch nicht ernst? Also, sicher, hier oben ist fast alles möglich. Aber nich', dass die Jule, die *ich* kenn, an Gespenster glaubt!«

»Nee, klar nicht«, sagte Jule schnell. »Ich mein ja nur, dass dieser Apparat *so* gut funktioniert – total verrückt!«

»Ja, voll der Hammer! Deshalb müssen wir erst recht ordentlich Werbung machen, dass das 'ne richtig tolle Sause wird! 'ne echte Geisterhöhle – so was gibt's nicht noch mal!«, machte Mo deutlich. »Also 'ne echt-unechte«, fügte er mit einem vorsichtigen Grinsen hinzu.

Emma nickte. »Wir sollten unten im Tal Plakate aufhängen. Und hier oben muss alles picobello sein! Der Wunschelberg muss glänzen wie … frisch polierte Christbaumkugeln! Dann überlegt es sich der Bürgermeister vielleicht noch mal anders.« Sie klang allerdings nicht sehr überzeugt.

Die Regentropfen wurden dicker, das Trommelkonzert lauter. Trotzdem bauten kurz darauf ein paar Besucher einen kleinen Pavillon auf. Darunter ein Tisch und eine Tafel:

»Große Unterschriftensammlung. Rettet den Wunschelberg!«

Und jeder, der vorbeikam, kritzelte seinen Namen auf die Liste.

»Wir werden das bei der Bürgerversammlung im Rathaus vorlegen!«, erklärte ein Mann, der einen knallgelben Regenponcho trug. Unter der Kapuze sah man sein Gesicht nur Nase abwärts.

»Der Bürgermeister kann nicht einfach über die Köpfe der Bewohner hinweg entscheiden!«, fügte eine Frau hinzu, mit einem regenbogenbunten Schirm über dem Kopf.

Das zauberte Franz, Gustav und allen anderen Wunschelbergern zumindest ein leises Lächeln in ihre Gesichter.

»Nur nicht unterkriegen lassen, heißt die Devise!«, verkündete Fräulein Erna, der man mindestens zwanzig ihrer knapp hundert Lebensjahre kein bisschen ansah. Erst recht nicht, wenn sie ihr Kinn so trotzig in Richtung des grauen, tristen Regenhimmels reckte.

»Genau. Wir schaffen das!«, bestätigte Franz im Glück.

Und Madame Claire verkündete auf ihre typisch geheimnisvolle Art: »Wir trotzen den düsteren Schwingungen!«

Der Magische Gustav erwiderte ihren Blick mit einem Lächeln.

Doch dieser wunschelschöne Moment, in dem alle dachten, dass vielleicht doch alles wieder gut werden könnte, dauerte nicht länger als der Flügelschlag eines Schmetterlings.

»Pssst, guckt ma'!« Mo gab Jule und Emma einen Stups und sie folgten seinem Blick.

Auf dem Wunschelberg war immer ein bunt gemischtes Publikum unterwegs. Groß und Klein. Jung und Alt. Anzugsmenschen und Jogginghosenleute. Jeder war willkommen! Aber der Dame, die in diesem Moment an der Bergkuppe ankam, merkte jeder sofort an, dass sie kein bisschen hierhergehörte. Die Frau war recht groß und sehr, sehr dünn. In ihrem Gesicht stachen die Wangenknochen spitz hervor und ihre schmalen Arme erinnerten an die eines Insekts. Sie trug ein knallrotes Kostüm, an dem jede einzelne Falte da saß, wo sie hingehörte, und hochhackige Schuhe in exakt der gleichen Farbe.

»Und damit ist die hier hochgestakst?«, flüsterte Emma.

Links und rechts an ihrer Seite waren zwei Männer in ebenso perfekt sitzenden, glänzenden Nadelstreifenanzügen. Der eine hatte blonde Haare, der andere braune – aber ihre Frisur war die gleiche. Geschniegelte Seitenscheitel. Beim einen nach links, bei dem anderen nach rechts gekämmt.

Jule warf Emma und Mo einen Blick zu: »He! Die haben wir hier schon mal gesehen!«

»Also, das hier muss alles weg. Schnellstens!«, sagte die Frau, während sie ihren Blick über die Buden streifen ließ. Die Seitenscheitel nickten im Gleichtakt und machten sich Notizen. »Wir brauchen einen Kran zum Abbau. Einen Bagger zum Schuttabtragen. Eine Planierraupe und ...«

Unter den Besuchern kam Geraune und Getuschel auf. Die Mienen der Wunschelberger erstarrten.

Fräulein Erna aber trat mit entschlossenem Blick auf die Fremden zu. »Mein Karussell ist ein Einzelstück«, sagte sie. »Gehegt und gepflegt über Jahre ...«

»Ja? Wie wunderbar! Dann haben Sie bestimmt nichts dagegen, wenn der TÜV sich einmal ansieht, ob dieses Gefährt auch modernen Sicherheitsvorkehrungen entspricht.

Nicht wahr?« Die rote Dame lächelte Fräulein Erna an. Es war ein Lächeln, das Blumen zum Welken bringen konnte.

»Entschuldigung, die Damen und Herren. Ich verbiete mir das! Das ist Hausfriedensbruch! Der Verkaufsvertrag ist noch nicht unterschrieben!« Antonio stellte sich ebenfalls der Frau und ihren grauen Anhängseln entgegen.

»Verzeihung, aber das ist nicht Ihr Grundstück! Sie werden von der Stadt lediglich geduldet. Wenn hier etwas passiert, haftet die Gemeinde. Das ist absolut nicht tragbar! Hier müssen ordentliche Strukturen her, ein modernes Konzept, um den Standort an die Herausforderungen der Zukunft anzupassen. Das wirtschaftliche Potenzial ist enorm – es bedarf lediglich einer kompetenten Kraft, die sich dessen annimmt!« Als die Frau ihre seltsame Rede beendet hatte, lächelte sie noch immer. »Na dann!« Sie nickte ihren Lakaien zu.

»Aber es ist noch gar nicht sicher, dass der Berg verkauft wird!« Jule deutete auf den Unterschriftenstand. »Alle sind dagegen.«

»Kleines, die werden ihre Meinung ändern, wenn erst in jedem Briefkasten eines unserer Hochglanzprospekte liegt.« Die Frau zupfte an ihrem knallroten Jäckchen und ließ die geradesten weißesten Zähne blitzen, die auf dem Wunschelberg je gesichtet worden waren. »Wir werden hier den modernsten Freizeitpark Europas errichten! Was interessieren ein paar lausige Unterschriften angesichts eines Millionenpublikums?«

Keiner wusste, was er der roten Dame erwidern sollte. Und egal, was sie gesagt hätten, sie schien sich ihrer Sache so sicher.

Die wenigen Gäste, die noch auf dem Wunschelberg herumspazierten, verteilten sich nun an den anderen Buden. Kauften extraviele Lose, mampften Süßigkeiten, bis ihnen die Zähne wehtaten. Die paar Kinder, die da waren, durften so oft mit dem Wunschrondell fahren, wie sie wollten.

Aber irgendwie fühlte es sich falsch an. Die Leute waren hier, um den Wunschelbergern Mut zu machen. Nicht, um sich zu amüsieren und sich in eine andere Welt zu träumen.

»Wir müssen mit Konfusio die Geisterhöhle vorbereiten und dafür sorgen, dass die die tollste Attraktion aller Zeiten wird! So schnell wie möglich!«, sagte Emma.

Mo nickte. »Wenn der Bürgermeister die auch gut findet …«

»Das ist unsere letzte Chance!«, sagte Jule entschieden.

In dieser Nacht lag Jule wach. Aber kein Schatten erschien an ihrem Bett. Kein Flüstern. Kein Windhauch.

Nur ein leises Scharren erklang vor dem Fenster. Sie setzte sich auf. »Seid ihr da?«, flüsterte sie in die Dunkelheit.

Die Antwort war ein leises Zwitschern. Zwei graue Vögel mit gebogenen Schnäbeln pickten im Blumenkasten vor Herrn Rosts Fenster.

Bei dem Anblick musste Jule lächeln. »Hey, ihr Winzlinge. Seid ihr heute mein Besuch? Haben euch meine Eltern geschickt, weil sie keine Zeit haben?« Die Vorstellung fand Jule kein bisschen gruselig mehr. Sondern einfach nur wunderschön. »Wenn ihr die beiden seht, sagt ihnen, wir brauchen Hilfe! Dringend!«

Als hätten sie verstanden, stoben die Vögel mit einem hellen Zwitschern auf in den Nachthimmel.

In einsamer Stille spielt der Berg sein Klagelied

In den nächsten Tagen sahen die Freunde so viel Tageslicht wie eine Fledermaus. Jeden Nachmittag halfen sie Konfusio bei den Vorbereitungen für die Geisterhöhle. Es wurde geschmirgelt, geschraubt und gemalt. Auch Ernst-Theodor, der dem Professor immer mal unbemerkt ausbüxte, packte mit an. Besonders Mo fand den Roboter richtig super. Schon verrückt, eine Maschine nett zu finden. Aber Ernst-Theodor war nun mal fast wie ein richtiger Mensch! Wie dämlich, dass der Professor ihn immer so herablassend behandelte!

Während die Kinder unter Tage beschäftigt waren, gaben

die restlichen Wunschelberger oben, im Sonnenschein, alles, um ihre Gäste zu begeistern. Die Buden leuchteten besonders bunt, die Musik des Wunschrondells dudelte extrafröhlich und Silvie buk die leckersten Kuchen, die jemals einen Gaumen gekitzelt hatten. Jeder, der zwischen den Attraktionen hindurchschlenderte, setzte seine Unterschrift auf die Liste.

Doch ob all das reichen würde, um den Wunschelberg zu retten? Mo, Emma und Jule waren froh, dass sie kaum Zeit hatten, darüber zu grübeln.

Und dann war es so weit – die Geisterhöhle war fertig! Zur Feier des Tages waren die Wunschelberger geschniegelt und gebügelt. Keine Staubfluse, keine Knitterfalte. Obwohl sie nun schon so viele Tage lang ihr Publikum verzaubert hatten, fühlte es sich heute ganz besonders an. Es ging ja auch um mehr, als den Leuten ein Lächeln ins Gesicht zu zaubern. Womöglich ging es um … alles!

Antonio klatschte in die Hände. »Der Zauber kann beginnen!« Es war gar nicht so leicht, die Besucher mit einem strahlenden Lächeln zu begrüßen. Erst recht, weil nur ein paar einzelne Gäste auf der Bergkuppe erschienen. Und anstatt sich an den Buden eine Prise Das-Gegenteil-von-Alltag einzufangen, begannen zwei Männer damit, den Unterschriftenstand abzubauen.

»Wir sind weiter auf eurer Seite. Ehrlich«, sagte der eine mit hochgekrempelten Hemdsärmeln.

»Aber die da unten …« Sein Begleiter deutete mit einem Nicken ins Tal. »… die wissen, was sie wollen. Bei der Bürgerversammlung standen tausend Punkte auf dem Plan.« Der Mann ließ die Pavillonstange los und zählte an den Fingern ab: »Schwimmbadrenovierung. Neues Dach fürs Schulhaus. Ein Einkaufszentrum …«

Der andere nickte. »Das Geld für den Verkauf wird sofort investiert!«

Antonio atmete tief durch. »Wer braucht hier oben einen altmodischen Rummelplatz, wenn dort unten alles glitzert und glänzt?«

»Des einen Freud, des andern Leid«, murmelte Fräulein Erna.

Konfusio breitete die Arme aus. »Meine Damen und Herren, wenn wir Sie nun zu den Spitzen des Wunschelberges bitten dürften? Eine ganz besondere Attraktion wartet auf Sie!«

Er machte den Anfang und eine ganze Reihe von Besuchern folgte ihm mit neugierigen Gesichtern. Mo, Emma und Jule sahen sich mit einem vorsichtigen Lächeln an.

»Das wird!«, flüsterte Mo. »Die kriegen sich nich' mehr ein, vor Begeisterung!«

Emma biss sich auf die Lippe und drückte ihre Daumen so fest, dass es wehtat.

»Wir retten den Wunschelberg!«, sagte Jule. »Bestimmt!«

Auf einmal aber erklangen aufgeregte Stimmen. Allerdings nicht von oben, wo die Geisterhöhle auf ihre ersten Besucher wartete. Alle Blicke richteten sich auf Franz' Losbude. Vor dieser hatte sich eine Menschentraube versammelt. Die Stimmen wurden lauter. Und dann – Schreie!

Alle Wunschelberger eilten sofort hin. Die Gäste, die auf dem Weg nach oben gewesen waren, kehrten wieder um. Franz im Glück, der sonst immer verschmitzt vor sich hin grinste, war ganz blass und schien in seinem karierten Anzug fast zu verschwinden. Gebückt stand er da und starrte in die Regale. Regale, die eigentlich mit tausend Überraschungen gefüllt waren. Und jede einzelne davon hatte eine ganz besondere Bedeutung für den glücklichen Gewinner.

Jetzt aber waren da keine Kuscheltiere, Holzspielzeuge, vergilbte Bücher oder etwas angestaubte Postkarten.

»Igitt!«

»Das ist doch ein Unding!«

»Ein Fall für das Gesundheitsamt!«

Angeekelt und entrüstet wandten sich die Leute von der Bude ab. Die Regale, der Boden, die Lostrommel … alles war voller schwarzer Käfer.

Eine Dame mit Notizzettel und Kamera erschien vor der Bude.

»Auch das noch! Die Presse!«, stieß Antonio hervor.

Da hatte Frau Zausel schon – *klick-klick-klick* – unzählige Fotos geknipst: schwarze Käfer, entsetzte Besucher, blasse Wunschelberger. Dieser Zeitungsartikel würde bestimmt kein neues Publikum anlocken.

Der Himmel glühte in einem düsteren Rotorange und überzog alle Buden mit einem unwirklichen Schimmer. Kein einziger Besucher befand sich mehr auf dem Wunschelberg. Ein Wind fegte über die Zauberwiese, die keine mehr war, und ließ vergessene Lose und Süßigkeitentüten langsam und traurig über den Schotter tanzen. Alle starrten die nachtschwarzen Käfer an. Inzwischen hatten sie die Losbude verlassen, krabbelten über die Wiese, krochen unter vergessenes Laub und verschwanden im Gebüsch.

»Wir treffen uns zu einer außerordentlichen Besprechung. Sofort!«, verkündete Antonio.

Alle Budenbesitzer folgten ihm in seinen Wohnwagen.

Mo, Emma und Jule blieben zurück. Ihr Blick fiel auf die grauen Männer, die wie so oft in den letzten Tagen bei den Buden herumlungerten. Immer hatten sie etwas auszumessen, machten Notizen oder starrten einfach nur mit eisiger Miene vor sich hin. Nun nickten sich die beiden zu und klappten den Aktenkoffer zu.

Emma bückte sich nach einem der Käfer, streckte ihren Finger aus und ließ ihn darauf krabbeln. Sie sah zu den anderen auf.

»Das ist doch eindeutig! Da stecken die Rote dahinter – und ihre Lakaien!« Sie deutete in die Richtung der grauen Männer, die wieder einmal emsig etwas auf ihren Notizblöcken notierten. »Wir müssen das den Leuten nur klarmachen, dann kommen sie zurück!«

Jule erwiderte Emmas Blick nicht. Sie starrte auf einen Käfer, der eilig über den Schotter krabbelte. Als würde es ihm ganz und gar nicht gefallen, was hier oben auf dem Wunschelberg vor sich ging.

In dem Moment erklang ein merkwürdiges Geräusch. Schrille Töne, die in den Ohren schmerzten. Knarrend und schief – wie ein Klagelied.

»Das Wunschrondell!«, rief Mo und stürmte auf das Karussell zu. Obwohl kein Fahrgast darinsaß, hatten sich die hölzernen Tiere in Bewegung gesetzt. Erst langsam, dann schneller. Noch schneller. Die Musik wurde lauter und schriller, sodass man sich die Ohren zuhalten musste. Mo trat an den Ausschalthebel und drückte ihn herunter. Aber das Karussell drehte sich weiter!

»'n Wackelkontakt! Ich zieh den Stecker!«, rief Mo.

»Seht ihr das?«, stieß Emma hervor.

Im Karussell war jemand. Drei Leute. Genauer gesagt, *Gestalten*.

Ein Mann im Anzug, eine Dame im eleganten Abendkleid und ein Herr in Pluderhosen. Sie saßen in der Kutsche, die von zwei schwarzen Raben gezogen wurde. Wie beim letzten Mal flüsterte die Dame in das eine Ohr des Pluderhosen-Mannes, der elegante Herr redete, wild gestikulierend, von der anderen Seite auf ihn ein. In der Hand hatte er einen Stift. Er versuchte ihn, an seinen Nebenmann weiterzugeben, aber der ignorierte die Geste. Stattdessen schien er sich ganz darauf zu konzentrieren, eine Schriftrolle in seiner Hand fest zu umklammern. Als wäre sie ihm so wichtig wie sein Leben. Mit der anderen Hand zupfte er ein Einstecktuch aus seiner Brusttasche. Hastig tupfte er sich Schweiß von der Stirn.

»Wie geht'n das?!« Mo schluckte. »Gehören die nicht runter in die Höhle? Hier sin' doch gar keine Projektoren!«

Plötzlich verlor das Karussell an Geschwindigkeit. Auch

die Musik wurde langsamer. Leiernde, fast klagende Töne, die unangenehm vibrierten. Langsam stieg die Dame vom Wunschrondell herunter, Schritt für Schritt bewegte sie sich in Richtung ihres Publikums. Alle waren erstarrt. Keiner regte sich, keiner sagte etwas. Die Dame ging auf Jule zu. So weit, bis sie genau vor ihr stand. Angesicht zu Angesicht. Sie streckte ihre Hand aus – schmale, weiße Finger – und berührte sanft Jules Kinn. Jule hielt die Luft an. Sie spürte die Berührung! Eiskalt! So kalt, dass es brannte! Sie wollte sich abwenden, doch sie konnte nicht. Wie hypnotisiert starrte sie die Frau an. Sie sah, wie sich ihre Lippen bewegten. Stumm. Ohne einen Ton. Wollte sie ihr etwas sagen? Aber dieses *Wesen* bestand doch nur aus flimmernder Elektrizität! In ihrer übertriebenen Panik machte sich Jule etwas vor! Oder doch nicht? War es an der Zeit, endlich auf die Zeichen zu hören? Wenn es dazu nicht schon zu spät war! Jule schloss die Augen. Als sie sie wieder öffnete, war die Frau verschwunden. Und mit ihr ihre gespenstischen Kollegen.

Mo, Emma und Jule saßen abseits im Gras. Mit den Rücken zu den Buden.

Um nicht zu sehen, wie Silvie die Süßigkeiten in der Auslage einpackte.

Um nicht zu sehen, wie der Magische Gustav die Rollläden seiner Bude verrammelte.

Um nicht zu sehen, dass Antonio und Loretta ihre Schminke abgewaschen hatten und wieder grau waren. Noch grauer als jemals zuvor.

Der Mittelgroße Konfusio trat auf die Kinder zu.

»Deine Geister … Sie sind hier herumgespukt!«, sagte Mo. »Wir kann das sein?«

»Hier sind Kräfte im Spiel, die unsere Fähigkeiten übersteigen.« Konfusio schüttelte langsam den Kopf. »Ich habe die Kontrolle verloren. Erst haben sich die Konfologramme aus meinen Gehirnströmen gespeist, durchdrungen von elektrischer Energie. Doch ich fürchte …« Konfusio atmete tief durch. »Dass sie sich nun direkt aus dem Berg bedienen! Und seit hier so dunkle Energien fließen … Der Wunschelberg ist verloren!«

Mit diesen Worten und einer traurigen Miene ließ Konfusio die Freunde alleine.

In einem Gefängnis aus Verzweiflung lässt man sich leicht blenden

Emma starrte Konfusio hinterher und schlug die Hände vor ihr Gesicht. »Das ist doch totaler Quatsch!« Als wären sie Gitterstäbe, spähte sie zwischen ihren Fingern hervor. »Die einzigen dunklen Energien sind die von der roten Dame und dem Bürgermeister. Die haben das mit den Käfern und alles zusammen geplant. Sonst hätte doch niemals so schnell die Pressedame auf der Matte gestanden? Und die Geister …« Sie atmete tief durch, dann nickte sie energisch: »Dafür muss es eine andere Erklärung geben!« Sie wendete sich Jule zu.

Jetzt erst merkte sie, wie blass Jule war. Sie zitterte und

kriegte kaum ein Wort heraus. Fest umschlang sie ihren Oberkörper mit den Armen. »Ich muss … ich muss euch etwas sagen. Die Geister. Und der Berg. Also meine Eltern haben mir …« Jule schniefte und wischte sich mit dem Ärmel über die Augen.

Emma rückte ein Stück näher und legte einen Arm um ihre Freundin. Mo gab ihr einen ganz, ganz sanften Knuff.

Unter ein paar Tränenrinnsalen bekam Jule ein wackeliges Lächeln zustande. Und dann erzählte sie. Von dem Traum. Oder eben Nicht-Traum. Dass ihre Eltern ihr immer und immer wieder erschienen waren und zu ihr redeten.

»Wenn Konfusios Geister echt sind, warum sollten dann nicht auch meine Eltern hier herum…*spuken*? Sie hatten eine Warnung für mich! Und ich hab so getan, als ob es keine Bedeutung hätte! Jetzt … jetzt ist alles zu spät!«

Für Emma und Mo wiederholte sie die Worte noch einmal:

»Lausche dem Klagen des Berges. Aber gib acht, dass du dich nicht darin verlierst.«

Emma biss sich auf die Lippe. »Und du meinst, damit sind all diese seltsamen Sachen gemeint?«

Jule zuckte mit den Schultern. »Ich habe es die ganze Zeit nicht geglaubt. Doch nach all dem, was passiert ist … Ich hab das Gefühl, dass auch die Geisterfrau mir etwas sagen wollte. Aber ich hab sie nicht verstanden!«

»Diese Warnung deiner Eltern ist so verschwurbelt – das kann doch alles bedeuten! *Gib acht, dass du dich nicht darin verlierst*. Vielleicht heißt das, dass man gut aufpassen soll, damit man sich nicht täuschen lässt. Weil eben doch überhaupt nix Magisches dahintersteckt!«, warf Mo ein.

Emma starrte Mo an. »Das ist es! Diese grauen Schnösel – die haben sich doch schon mal hier rumgetrieben. Was, wenn das alles genau geplant ist? Damit wir den Berg verlassen und der Bürgermeister und die rote Tante mit dem Berg machen können, was sie wollen?« Emma begann, an den Fingern anzuzählen. »Die haben die Blumen vergiftet, die Sterne mit irgendeiner Spezialfarbe angemalt … Die wollen dafür sorgen, dass uns die Besucher wegbleiben – damit sie ihren Riesenrummel aufstellen können. Der Bürgermeister und die rote Tante stecken unter einer Decke!«

»Du meinst, die ham das *alles* ausgeheckt?« Mo runzelte die Stirn. »Die Ekelpralinen … Könnte schon sein.«

Jule räusperte sich. »Der Bürgermeister hat uns belogen? Na ja, das würde jedenfalls erklären, warum Jenny so eine falsche Schlange ist!«

»Wir müssen diesen Anzugfutzis auf den Fersen bleiben! Vielleicht erwischen wir sie auf frischer Tat!«, sagte Mo.

Jule runzelte die Stirn. »Aber die Geister … Wie soll die Rote das denn bitte gemacht haben?«

»Die ist bestimmt stinkreich! Die kriegt alles hin, da wette ich was! 'ne Super-Hightech-Illusionsmaschine«, erwiderte Mo.

»Und dass Gustav nicht mehr zaubern konnte? Dass das Kribbeln weg war?«, warf Emma leise ein.

Jule seufzte. »Wenn man so viel Sorge ihm Bauch hat, kann man das Publikum nicht verzaubern, oder?«

»Fassen wir mal zusammen. All die Dinge, die schiefgegangen sind, haben die Grauen im Auftrag der Roten mit dem Bürgermeister angezettelt. Um uns loszuwerden und schnell an die Kohle zu kommen. Wir müssen also nur beweisen, dass die beiden Betrüger sind!«, machte Mo klar. »Dann sind die Leute aus dem Tal auf unserer Seite!«

»Aber das muss schnell gehen. Superschnell«, meinte Jule.

»Die Wunschelberger packen schon«, stimmte Emma ihr zu.

»Dann …« Plötzlich sprang Mo auf. »… teilen wir uns auf! Ich lauer den grauen Männern auf und schau, dass ich an den Koffer rankomm. Da is' garantiert was drin, was den Betrug beweist. Rote Farbe, ein Glas mit Käfern, *irgendwas*.

Und ihr sorgt in der Zwischenzeit dafür, dass die Rote von hier verschwindet.«

»Und wie?«, fragte Emma.

»Ihr müsst sofort runter zum Prof! Dem wird garantiert auch nicht gefallen, was die hier vorhat. Von wegen total empfindliche seltene Steine und so! Vielleicht kann er uns dabei helfen, dass der Bau gestoppt wird!«

»Ausgerechnet der soll uns helfen? Der interessiert sich doch gar nicht für Menschen«, warf Emma zögernd ein.

»Aber für dieses tolle Superelement. Und das steckt nun mal in unserem Berg. Das heißt, wir und der olle Prof haben dasselbe Ziel – den Wunschelberg zu retten!«, machte Mo klar.

»Das klappt! Auf jeden Fall!« Jule konnte nicht anders, als einen Freudenhüpfer zu machen. Seit sie eine Erklärung für all die Seltsamkeiten hatten, fühlte sie sich zwei Tonnen leichter. Von wegen geisterhafte Warnung. Das war alles ein riesiger Betrug!

Mo und Emma grinsten um die Wette. Nicht nur, weil sie nun wussten, wie sie den Wunschelberg retten konnten. Es war so schön zu sehen, dass Jule *endlich* wieder richtig lachen konnte.

Während Mo auf der Zauberwiese blieb, stiegen die Mädchen hinauf zu den Felsenohren. Auf dem Weg zum Plateau erklang hinter ihnen eine Stimme: »He! Wartet mal!« Jenny!

»Gibt's ja nicht«, murmelte Emma.

»Das traust du dich wirklich? Verräterin!«, rief Jule.

»Ich? Ihr habt mich doch … Ich muss mit euch reden, es ist wichtig!« Jenny sah die Freundinnen ernst an.

»Vergiss es!«, erwiderte Emma.

»Mach die Biege, klar?«, meinte Jule. »Und wenn du nach Hause kommst – schöne Grüße an den Herrn Papa! Glückwunsch, dass er sein Töchterchen zu genauso einer falschen Schlange erzogen hat, wie er selbst eine ist!«

»Wie bitte?« Jenny starrte Jule an.

»Frag deinen Vater. Der weiß schon, was wir meinen! Der hat schließlich persönlich nachgeholfen, dass die Wunschelberger möglichst schnell von hier oben verschwinden müssen.«

»Ihr spinnt doch total! Ich wollte euch nur helfen, ihr …« Jenny presste die Lippen aufeinander und starrte die beiden an.

»Helfen, aber klar«, murmelte Emma.

Sie und Jule drehten sich um und liefen weiter.

»Was bildet die sich eigentlich ein, diese …« Als sie durch den großen Eingang hinter den Felsen in die Höhle traten, blieb Jule jeder Kommentar im Hals stecken.

»Wahnsinn«, staunte sie.

»Das wäre so toll geworden«, stimmte Emma ihr mit einem Seufzen zu.

Alles war für die große Eröffnung vorbereitet. Die alten Loren warteten auf die Besucher, startklar für die erste Rundfahrt. Mo und Ernst-Theodor hatten sie mit gruseligen Fratzen bemalt. Fackeln flackerten an den Wänden und ließen die Kristalle an der Wand tausendfach in allen Farben funkeln.

»Frohe Ostern! Und einen guten Rutsch!«, erklang da eine Stimme.

»Ernst-Theodor!«

Jule und Emma mussten lachen. Es fühlte sich an, als hätten sie das seit Wochen nicht gemacht. »Wo ist denn der Prof? Wir müssen ihn was fragen!« Jule wollte sich an dem Roboter vorbeischieben.

»Zugang verboten, werte Freundin!«

»Äh, wieso …?«

»Zugang verboten!« Ernst-Theodor war sein Auftrag ernst. Er breitete die Arme aus und schien die Füße extrafest in den Boden zu stemmen.

»Aber wir wollen doch nur ...« Jule schüttelte den Kopf. »Was soll denn die Geheimnistuerei?«

»Kann ich nicht *einmal* in Ruhe arbeiten? Schlimm genug, dass ich die Höhle mit diesem mittelgroßen, konfusen *Clown* teilen muss!« Der Professor kam ihnen mit wehendem Kittel aus dem Gang entgegen. Man sah ihm an, dass er seltener Tageslicht sah als ein Maulwurf. Blass und zerknittert – und über und über voller Staub – stürmte er auf sie zu und schob Ernst-Theodor unsanft beiseite. Er platzierte sich, die Hände in die Seiten gestemmt, vor den Kindern. »Wieso stört ihr mich?«

»Es geht um die rote Frau. Vielleicht haben Sie das ja mitgekriegt. Die will hier einen riesigen Freizeitpark bauen«, kam Jule sofort auf den Punkt.

»Was geht mich das an? Die Oberfläche ist mir völlig egal. Mich interessiert die Tiefe! Wenn ihr mich jetzt weiterarbeiten lasst. Ich bin kurz davor, die geheime Formel zu entschlüsseln.« Er drehte sich um und machte sich daran, wieder in der Dunkelheit des Höhlenganges zu verschwinden.

»Genau deshalb sind wir ja hier!«, rief Emma. »Die Rote will mit Baggern und Planierraupen anrücken und tausend laute Fahrgeschäfte bauen lassen. Und wenn Sie uns schon störend finden, dann wäre mit dem neuen Freizeitpark ja wohl endgültig Schluss mit Ihren einmaligen Gesteinen!

Die Rote nimmt da auf gar nichts Rücksicht. Sie ist eine Verbrecherin.«

Tatsächlich drehte sich der Professor nun wieder um.

»Verbrecherin?«

»Ganz genau!« Jule erzählte dem Professor von den Vorfällen und ihrem Verdacht, dass all die seltsamen Veränderungen und Missgeschicke zu einem ausgetüftelten Plan der roten Dame und des Bürgermeisters gehörten.

»Mo sucht gerade nach einem Beweis für das alles. Und er wird bestimmt einen finden! Aber wir dürfen keine Zeit verlieren! Sonst düsen die Erwachsenen von hier ab. Können Sie die Pläne nicht vielleicht für einige Zeit aufhalten? Sie finden doch bestimmt einen Grund, dass hier kein Freizeitpark gebaut werden darf. Wegen dieser seltenen Mineralien oder dem Umweltschutz oder …«

»Niemand wird hier einen Freizeitpark eröffnen, das verspreche ich euch!«, unterbrach sie der Professor. Er sah die Mädchen ernst an.

»Sie helfen uns?« Emma atmete erleichtert durch.

»Ruft den Bürgermeister an und bestellt ihn auf den Wunschelberg! Sofort! Ich brauche nur noch ein paar Minuten, dann werde ich der Welt die Formel präsentieren. Sie wird alles in einem völlig anderen Licht erscheinen lassen!«

Emma nickte. Doch ehe sie mit Jule zurück nach draußen

ging, hielt sie inne und fuhr mit dem Finger über die Steine. »Und dieses neue Element … also kann es sein, dass es …« Sie räusperte sich. »Dass es geheimnisvolle Sachen bewirkt. Welche, die es eigentlich gar nicht geben kann.«

»So was wie … *Geister*«, fügte Jule leise hinzu.

Anders als beim letzten Mal, blickte der Professor nicht herablassend auf sie herab. Mit ernstem Blick nickte er Emma zu.

»Dieser Berg hat das Talent, Dinge an die Oberfläche zu bringen, die sonst im Dunkeln verborgen bleiben würden. Ihr werdet es gleich verstehen.«

Beim Hinausgehen stieß Emma einen Seufzer hervor. »Einerseits ist diese geheime Formel die Rettung für den Wunschelberg – und gleichzeitig ist sie sein Ende. Wer lässt sich denn noch verzaubern, wenn irgendwelche langweiligen Daten und Zahlen beweisen, dass das alles nur … eine Art optische Täuschung oder so was ist? Ich würde gern den guten Zauber behalten und der böse … Der kann liebend gerne weg!«

»Es ist wohl das Wichtigste, dass wir auf dem Wunschelberg bleiben können. Alles andere … werden wir sehen«, erwiderte Jule. Aber auch sie hatte wegen der nüchternen Rede des Professors ein komisches Gefühl.

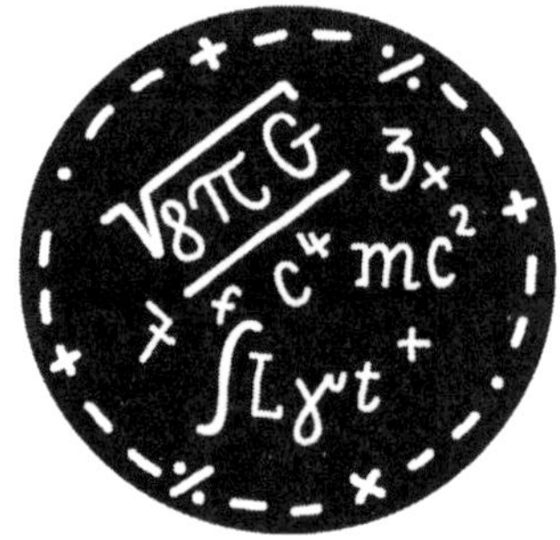

Ist die Formel kundgetan, offenbart der Berg sein Innerstes

Mo beobachtete die grauen Männer schon eine Weile aus sicherer Entfernung. Wie üblich notierten sie irgendetwas auf ihren Blöcken. Der Aktenkoffer stand zwischen ihnen auf dem Boden. Keine Chance, unbemerkt ranzukommen. Zu doof, dass Mo alleine war. Sonst hätte einer die Grauen ablenken können und der andere …

Ein Geräusch erklang. Ein Piepen. Mo verschwand schnell hinter einem Wohnwagen, kurz bevor einer der Grauen genau in seine Richtung blickte. Hatte er etwas bemerkt? Nein! Er kramte nur sein Telefon aus der Tasche. Mo huschte im Schutz eines Buschs wieder näher an die beiden heran.

»Ich kümmere mich darum. Ich hole die Rote«, nuschelte der Graue in den Apparat. Sie waren also doch nicht stumm. Aber um was wollte sich der Typ kümmern?

»Ksch!« Mo fuhr zusammen. Der andere Graue hatte sich nach ihm umgedreht. Er musterte ihn mit einem eisigen Blick und wedelte mit seinen Armen, als wollte er einen aufdringlichen Schwarm Tauben verscheuchen. »Ksch!«, wiederholte er. Er meinte Mo!

»Ich bin … Ich war … Hey, es is' nich' verboten, hier zu sein, ja?«, stieß Mo hervor. Trotzdem machte er sich lieber vom Acker. Diese Kerle waren einfach seltsam. Seltsam und vielleicht auch gefährlich. Ehe er sich darüber ärgern konnte, dass er ertappt worden war, bevor er an den Koffer hatte herankommen können, liefen Jule und Emma mit eiligen Schritten auf ihn zu.

Emma hatte sofort im Rathaus angerufen. Es war gar nicht so leicht gewesen, das Stadtoberhaupt an die Strippe zu bekommen. Als sie dann aber gesagt hatte, dass es um den Wunschelberg ging, hatte der Bürgermeister sofort eingewilligt zu kommen.

»Wir sind gerettet! Der Professor hat die Lösung! Er kann alles erklären!«, rief Jule nun.

»Alles?«, fragte Mo.

»Alles«, sagte Emma und spürte wieder, dass ihr diese Vorstellung ganz und gar nicht gefiel. Was war ein Wunschelberg ohne Geheimnisse?

»Was ist los? Was meint ihr?« Silvie eilte auf die Kinder zu. Auch die anderen Budenbesitzer sahen sie fragend an.

»Augenblick. Der Professor ist jeden Moment so weit.«

Tatsächlich kam der Wissenschaftler wenig später den Schlängelweg herunter. Er stolperte über einen Stein, fing sich gerade noch, rannte weiter – und wedelte die ganze Zeit mit einem Papier in seiner Hand.

»Das Geheimnis ist gelüftet!«, keuchte er, als er unten angekommen war. Die Hände in die Oberschenkel gestützt, versuchte er, wieder zu Atem zu kommen. Genau im gleichen Moment erschien die Rote auf dem Berg. Auch der Bürgermeister war inzwischen angekommen.

»Niemand …« Noch einmal holte Ambigius tief Luft. »*Niemand* darf die Ruhe des Berges stören!«

»Niemand?« Mo vergrub die Hände in der Hosentasche. »Sie meinen, nich' so'n Riesenrummel?«

»Ich meine es so, wie ich es sage.« Der Professor blickte den Anwesenden in die Augen. Einem nach dem anderen. »*Niemand* darf diesen Berg mehr betreten. Es ist zu gefährlich! Die Dämpfe sind unberechenbar.«

»Was für Dämpfe? Wovon reden Sie?« Antonio trat als Sprecher der Wunschelberger nach vorne.

»Ein chemischer Umwandlungsprozess ist in Gang gesetzt worden. Die wertvollen Kristalle sind zerstört. Das Gestein sublimiert und stößt gasförmige Extraktionen aus«, dozierte der Professor.

»Hä? Und jetzt noch mal auf Deutsch?«, fragte Mo.

»Das Gestein löst sich auf und wird zu Gas. Einem gefährlichen Gas! Nachgewiesenermaßen besitzt dieses eine Wirkung auf das menschliche Gehirn.« Ambigius nickte entschlossen. »Es ist verantwortlich für all das Fantastische, was man hier oben wahrzunehmen scheint. Es trübt die Sinne!«

»Das soll das Geheimnis des Wunschelbergs sein? Dämpfe, die einen Sachen sehen lassen, die es nicht gibt? So ein Quatsch!« Emma war laut geworden. Sie zuckte vor ihrer eigenen Stimme zusammen.

»Das ist noch nicht alles«, fuhr der Professor fort. »Durch die Sublimierung wird das Gestein nach und nach immer brüchiger. Die Statik des Berges … Niemand darf diesen Ort mehr betreten. Es herrscht akute Einsturzgefahr.«

»Das Brummen, die Minibeben …«, stieß Mo hervor.

»Ich habe mich geirrt. Es sind keine harmlosen Gesteinsbewegungen. Ganz und gar nicht!« An seiner Miene merkten die Wunschelberger, dass der Professor noch immer nicht ausgeredet hatte und auch die nächste Nachricht keine gute sein würde: »Ich kam zu spät. Sonst hätte ich den Verfall aufhalten und den Berg retten können. Diese einmaligen Sedimente! Dieses großartige Element. Es ist ein Jammer! Der größte wissenschaftliche Verlust aller Zeiten!«

»Sie haben gesagt, Sie helfen uns! Sie haben gelogen!«, rief Jule.

»Ich habe gesagt, dass der Freizeitpark nicht gebaut werden wird. Was interessieren mich eure windigen Buden. Hier geht es um etwas viel Größeres!« Ambigius seufzte. »Welch Ironie des Schicksals, dass die Bagger sowieso bald anrücken werden. Nun, sie können ihre Arbeit dort oben beginnen. Der Berg muss sofort abgetragen werden – um den Sublimierungsprozess so schnell wie möglich zu stoppen.«

»Den Berg abtragen?« Fräulein Erna ließ sich auf einen Stein fallen. Mit der Hand fuhr sie vorsichtig über die Oberfläche. Sie zitterte. »Den Wunschelberg zu verlassen ist das eine. Aber ihn vollends zerstören?« Noch nie hatte die Herrin des Wunschrondells so klein und knittrig ausgesehen.

»Den Berg abtragen?«, wiederholte eine andere laute, schrille und kalte Stimme. Die Stimme der Roten. »Auf gar keinen Fall! Ich habe ein Vermögen investiert. Und zwar nicht in einen Haufen Schutt, sondern in ein Erfolgskonzept.«

»Es tut mir leid. Ich konnte nicht wissen ...« Beim ersten Mal war der Bürgermeister ein freundlicher Mann gewesen, beim zweiten Besuch ein energischer, wütender. Heute hingen seine Schultern schlapp nach vorne. Er konnte der Roten nicht in die Augen sehen – und den Wunschelbergern auch nicht.

»Ich möchte sofort vom Kaufvertrag zurücktreten. Was will ich noch mit diesem Grundstück?«, donnerte die rote Dame.

»Wenn ich mir gestatten darf, mich einzumischen«, ergriff noch einmal Professor Ambigius das Wort. »Dieser Ort ist nicht völlig verloren. Nicht für jeden Zweck. Ist das Gestein abgetragen, steht Ihnen eine freie eingeebnete Fläche zur Verfügung.«

Die Rote runzelte die Stirn. Beriet sich flüsternd mit ihren grauen Lakaien. Wobei die nichts anderes machten, als abwechselnd zu nicken und den Kopf zu schütteln. »Also gut. Ich fordere die Hälfte meines Geldes zurück. Dafür übernehme ich die Abtragung des Berges. Und was ich dann mit diesem Grundstück mache ... Es wird sich schon etwas finden«, stieß sie verächtlich hervor.

»Sehr, sehr schade um diesen altehrwürdigen Ort«, sagte der Bürgermeister und schaute die Wunschelberger entschuldigend an.

»Antonio! Tu doch was!«, stieß Loretta hervor. Sie fasste ihren Mann am Arm.

»Wie können wir sicher sein, dass Sie sich nicht irren?«, wendete sich Antonio an Professor Ambigius.

»Es geht hier nicht um Recht und Unrecht. Es geht um wissenschaftliche Fakten. Und die sind eindeutig!« Er deutete auf das Papier in seiner Hand.

»Kann ich ma'?« Mo zupfte es ihm aus den Fingern.

Der Professor ließ es geschehen.

»Nur Zahlengekritzel. Wie 'ne Geheimsprache! Das beweist gar nix!«, stieß Mo hervor.

»Aber natürlich!«, erwiderte Professor Ambigius. »Diese Zahlen beweisen, dass mein Lebensprojekt zerstört ist.«

Er nickte in Richtung der Wunschelbergohren. Doch ehe er weiterreden konnte, begann die Erde zu beben. Das Innere des Berges grollte merkwürdig, viel lauter als die Male zuvor. Tiefer, dumpfer. Sie spürten es von den Fußsohlen bis in die Zähne. Es sah aus, als ob der Berg sich ganz sachte bewegte. Und dann folgte ein Knirschen. Ein Geräusch wie von einem riesigen Raubtiergebiss, das einen Felshaufen zermalmte.

»Der Berg … Er stürzt ein!«, schrie Emma.

Doch die Wunschelberger waren unfähig sich zu rühren. Reglos starrten sie auf die Felsenspitzen.

Durch die linke fuhr ein Riss.

Zickzackförmig, wie ein Blitz.

Nur Sekunden später war das Beben vorüber. Es war, als wäre nichts passiert – wenn der Riss nicht wie eine Mahnung dort oben im Berggipfel geprangt wäre.

Professor Ambigius durchbrach die Stille: »Es gibt nur einen Weg, ein noch größeres Unheil abzuhalten.« Er zupfte seinen Kittel gerade. »Eine kontrollierte Sprengung. So bald wie möglich.«

Die Wunschelberger zuckten zusammen. Als hätte ihnen jemand etwas aus dem Körper gerissen, was fest mit ihnen verwachsen war. Doch mit dem Blick auf die steinerne Wunde konnte niemand dem Professor widersprechen.

Lausche dem Klagen und vertraue

Die Fensterläden der Buden waren allesamt verrammelt, die Auslagen längst vollständig eingepackt. Der Weg zum oberen Plateau war mit orangefarbenen Bändern aus Plastik abgesperrt.

Mo seufzte. »Der Zauber ist vorbei. Alles ist wieder grau.«

Silvie nickte den Freunden aufmunternd zu – aber ihr Lächeln war zu steif, um echt zu sein. »Es ist kein Abschied für immer. Emma, wir sehen uns ganz bald! Bestimmt!«

Sie umarmte Emma, dann kümmerte sie sich weiter darum, Herrn Rost abfahrbereit zu machen. Ein Auto fuhr vom oberen Plateau herunter. Konfusios Wagen mitsamt dem blitzenden, blinkenden Anhänger.

»Na, ihr?« Der Mittelgroße Konfusio zwinkerte ihnen durch das halboffene Fenster zu. Aber es war kein lustiges Zwinkern. Von seinem Lächeln war nicht mal mehr ein halbes Grübchen übrig.

»Hast du sie wieder? Also, die Geister?«, fragte Emma.

Konfusio schüttelte langsam den Kopf. »Es sind nicht meine Geister. Nie gewesen. Es sind die Geister des Wunschelbergs. Das macht wohl die richtig guten Geschichten aus. Ein Ende wie ein Knall. So wie es niemand erwartet hätte!«

»Glaubst du das denn alles?«, wunderte sich Jule. »Was ist mit den dunklen Energien?«

Der Mittelgroße Konfusio sah sie ernst an. »Das ist es ja. Sie sind überall. Kleben an dem Professor. Umwabern die rote Dame. Besetzen ihre grauen Männer. Und deshalb …« Er deutete mit einem Nicken hinter sich. »… verlasse ich diesen düsteren Ort. Und das solltet auch ihr so schnell wie möglich tun!«

Konfusio startete den Motor.

Emma und Jule bekamen keinen Ton heraus. Mo klappte der Mund auf. »Aber der kann doch nich' einfach …«

Doch der Mittelgroße Konfusio konnte.

»Man sieht sich immer zweimal!«, rief er, winkte noch einmal, dann lenkte er den Wagen auf den Weg und fuhr den Wunschelberg hinunter.

Mo sah ihm einen Moment stumm hinterher – dann wendete er seinen Blick ab.

»Glaubt ihr denn wirklich, dass hinter all dem Zauber nur … giftige Dämpfe stecken?« Jule sah ihre Freunde zweifelnd an. »Nichts als Einbildung? Wochenlang waren wir benebelt?«

Emma seufzte. »Ich weiß nicht mehr, was ich glauben soll.«

»Was, wenn deshalb alle Erwachsenen vor Kurzem so komisch waren? Diese leeren Blicke und das alles. Statt Seelenfänger giftige Luft. Würde passen«, überlegte Mo.

»Und warum haben *wir* nichts gemerkt?«, wunderte sich Emma.

Jule zuckte nur stumm mit den Schultern.

»Aber der Riss im Berg? Kann doch kein Zufall sein?«, grübelte Mo weiter.

Niemand hatte eine Antwort.

»Merkt ihr, wie still es ist?«, fragte Emma plötzlich.

Sie lauschten.

Keine Biene summte. Keine Grille zirpte. Kein Blatt raschelte.

Die Natur war verstummt.

»Alle sind traurig wegen des Wunschelbergs«, flüsterte Emma.

»Der Himmel ist so … blass«, meinte Jule mit einem Blick über sich.

»Als hätte jemand die Farbe rausgewaschen«, stimmte Emma ihr zu.

Mo fasste mit der Hand ins Gras. Was gestern noch grün leuchtend gewachsen war, waren nur noch dürre Halme im blanken Schotter. Er ließ die grauen Steine durch seine Hand rieseln. »Zwick mich ma'«, sagte er. »Ich mein, das ist doch kein Traum! Das sin' doch echte Kiesel!«

Ein Grollen erklang – aber nicht unter, sondern über ihnen.

Ein Surren. Flügelschläge! Dutzendweise.

Ein Schwarm Vögel zog über ihren Köpfen hinweg. Schwarze Vögel. Schwärzer als die tiefste Nacht. Sie stießen laute Schreie aus. Kreischend. Schrill. Die Freunde mussten sich die Ohren zuhalten. Sie blickten dem Schwarm nach, bis er nur noch ein verschwommener Klecks in der Ferne war.

»Und das?«, fragte Jule. »Alles nur Einbildung?«

Da erklang ein leises Zwitschern. Zwei der Vögel saßen nicht weit von ihr in einem Baum und sangen ein trauriges Lied. Jule streckte langsam die Hand nach ihnen aus – und die kleinen Tierchen ließen es zu, dass sie ganz vorsichtig ihr Gefieder berührte.

»Nein. Die sind hier. Und nicht zufällig«, flüsterte sie. »Alles hat eine Bedeutung – von wegen bescheuerte Dämpfe!« Jule war laut geworden. Die Vögel zwitscherten etwas erbost, bewegten ihre Flügel auf und ab, blieben aber auf ihrem Ast. »Der Wunschelberg will uns etwas sagen! Erst schickt er meine Eltern mit einer Warnung. Dazu die Blumen, die Sterne … die drei Geister! Und immer wieder zwei Vögel!« Jule sah Mo und Emma einen Moment an, dann zuckte sie mit den Schultern und starrte auf den Boden. »Ich weiß, es klingt verrückt. Aber wenn meine Eltern doch hier gestorben sind – vielleicht ist ja *irgendetwas* von ihnen noch im Berg? Ihr Geist, ihre Energien … was auch immer! Und ich … Ich …« Sie schluckte. Ihre Stimme war nur noch ein tonloses Flüstern. Jetzt sah sie Mo und Emma fest in die Augen. »Ich will das nicht verlieren!«

Die Vögel schlugen schneller mit den Flügeln. Sie flatterten auf – und zwitscherten den Kindern aufmunternd zu. Dann flogen sie auf die Bergspitzen zu.

Emma folgte ihnen mit ihrem Blick. »Es ist wie Sinister

gesagt hat. Der Berg hat viele Gesichter – keines davon ist allein wahr. Wer sagt denn, dass die ganzen Zeichen, die Blumen, die Sterne, die Käfer, der seltsame Geruch und alles, nicht das Klagen des Berges waren – und gleichzeitig bleibt die Rote eine Betrügerin!«

»Also müssen wir den Vögeln folgen und dem Berg vertrauen«, rief Jule.

Auch Mo zögerte keinen Moment.

Die beiden Vögel blieben immer ein Stück vor ihnen, sodass die Kinder sie nicht aus den Augen verloren. Bis sie auf dem oberen Plateau angekommen waren.

»Da! Schaut!«, flüsterte Jule.

»Konfusios Geister!«, stieß Emma ebenso leise hervor.

Sie waren nicht weit von ihnen. Am Rand des Felsens. Die Frau und der schicke Mann redeten immer noch auf den Dritten im Bunde ein. Der Mann energisch, fast wütend, die Frau scheinbar säuselnd – aber nicht weniger fordernd. Wie die letzten Male. Immer das gleiche Bild.

»Eigentlich sehen sie fast aus wie ganz normale Menschen«, überlegte Emma. »Nur etwas blasser und in unheimlich altmodischen Klamotten.«

»Warum machen sie immer das Gleiche?«, überlegte Mo.

»Als ob sie eine Szene aus einem Theaterstück aufführen«, stimmte Emma ihm zu.

»Die streiten, oder?«, fragte Jule.

»Sieht aus, als ob die zwei was von dem Kleinen wollen. Und er hat was dagegen«, sagte Emma.

»Vielleicht ist das so was wie ein Rätsel?«

Jule holte Luft und lief einen Schritt auf die Gestalten zu. Noch einen. Die Geister beachteten sie nicht, sondern führten ihr geheimnisvolles Streitgespräch weiter. Schließlich war Jule nur noch ein paar Meter weg. Und in dem Moment formten sich aus dem tonlosen Wispern Sätze. Jule konnte sie jetzt deutlich verstehen – wie zuvor die Warnung ihrer Eltern:

»Der Berg wird uns reich machen!«, sagte die Frau.

»Du musst uns das Schürfrecht überlassen!«, sagte der Mann.

Wieder und wieder. Immer die gleichen Worte.

»Der Berg wird uns reich machen!«

»Du musst uns das Schürfrecht überlassen!«

Jule starrte die Geister noch einen Moment an, dann drehte sie sich zu ihren Freunden um.

»Es geht um das Bergwerk! Irgendwie hat wohl der Kleine das Vorrecht, das Gestein abzubauen – aber im Gegensatz zu den anderen beiden will er das gar nicht.«

»Aber die Steine sind wertlos, hat der Professor gesagt. Deshalb kam es nie zum Abbau!«, wunderte sich Emma.

»Eben. *Hat der Professor gesagt*. Und das stimmt vielleicht genauso wenig wie die Sache mit den Dämpfen«, sagte Jule.

»Es ging ihm nur darum, in Ruhe den Berg abbauen zu können?«, überlegte Emma.

Mo riss die Augen auf. »Von wegen Wissenschaft! Wir sin' so doof! Wenn der Prof denkt, dass im Berg irgendwelche giftigen Dämpfe sin', dann hätte der doch wenigstens mal 'ne Atemschutzmaske getragen. Bestimmt hat er die grauen Männer angerufen und mich verpfiffen, als ich sie belauscht hab! Das is' alles Betrug! Der Prof will die Kohle! Also, die Steine. Und die bringen in Wahrheit massig Kohle!«

»Und was ist mit der Roten?«, fragte Jule. »Vielleicht geht es ihr ja auch überhaupt nicht um einen Freizeitpark. Alles drehte sich die ganze Zeit um das Innere des Wunschelbergs!«

»Das Grollen, die Beben – und jetzt der Riss! Was, wenn die ständig schon dabei waren, da drinnen herumzubuddeln?«, rief Mo. »Und das hat den Berg krank gemacht!«

»Wieso dann das ganze Theater? Von wegen Freizeitpark?«, fragte Emma.

»Weil sie den Bürgermeister über's Ohr gehauen haben! Überlegt doch mal – die Rote musste so nur die Hälfte zahlen. Und wenn der Bürgermeister wüsste, dass da unten was Wertvolles ist, hätte er den Berg entweder gar nicht oder viel, viel teurer verkauft«, erklärte Jule.

»Und so können sie den Berg schneller abtragen!«, fügte Emma hinzu. »Von wegen giftige Dämpfe …«

»Dann hat der Bürgermeister gar nix Böses gemacht«, warf Mo ein. »Wir sollten uns …«

Jule nickte. »… bei Jenny entschuldigen«, vollendete sie den Satz.

Emma starrte auf die Geister, die nach wie vor ihr rätselhaftes Schauspiel aufführten. Wie in Dauerschleife. »Schürfrechte … Wann hat man die? Heißt das, der Kleine war der Besitzer?«

»Aber wieso gehört der Berg dann der Stadt?«, fragte Mo.

»Meint ihr etwa …?« Auch Jule schaute wieder zu den Geistern. In dem Moment wandte der kleine Geist seinen Blick Jule, Emma und Mo zu. Erst nickte er in ihre Richtung. Dann löste er sich von den beiden anderen und schritt auf sie zu. Ein vorsichtiges Lächeln erschien auf seinem bisher unendlich traurigen Gesicht. Ein aufmunterndes Lächeln. Er griff in die Brusttasche seines zerschlissenen Jacketts und zog ein Einstecktuch hervor. Wie ein geisterhafter Fremdenführer winkte er die drei damit hinter sich her.

Jule, Mo und Emma wechselten einen Blick. Erst unsicher, dann mit einem entschlossenen Nicken.

Sie folgten dem Geist bis an den Hintereingang des Stollens. Dort blieb er stehen und wedelte mit seinem Tuch in Richtung der Mädchen.

»Er wird immer blasser!«, stellte Emma fest.

»Durchsichtig …«, fügte Jule hinzu.

Der Geist lächelte stumm. Die Traurigkeit war aus seinem Blick verschwunden. Und dann war er weg.

Jule, Mo und Emma ahnten, dass sie ihn nicht wiedersehen würden. Er hatte seine Aufgabe erfüllt.

Bevor sie die Höhle betreten konnten, erschien bei den Felsen eine kleine Gestalt.

»Jenny! Was machst du hier?« Jules Stimme klang nicht böse. Nur verwundert.

»Ich wollte alleine sein. Und dann kam dieses Beben … Der Riss im Berg …«

»Gut, dass du da bist … Wir wollten …«, begann Jule.

»Ich wollte …«, sagte Jenny, genau im gleichen Moment.

Beide verstummten und sahen vor sich auf den Boden.

»Es tut mir leid!«, ergriff Jenny als Erste wieder das Wort. Vorsichtig blickte sie zu den beiden auf. »Dass ich so gemein zu euch war. Um ehrlich zu sein, ich war immer ein bisschen neidisch … Ich hab einen riesigen Fehler gemacht. Ich will doch auch keinen nagelneuen Freizeitpark. Der Wunschelberg ist klasse, so wie er ist! Oder …«, sie stockte. »Wie er *war* … Ich weiß selbst nicht mehr, warum ich so fies gewesen bin.«

Jule starrte erst Jenny an, dann warf sie Emma einen vorsichtigen Blick von der Seite zu. »Manchmal passiert so was. Obwohl man es eigentlich gar nicht will«, sagte sie leise.

Emma schüttelte den Kopf. »So einfach ist das nicht! Eine Entschuldigung und alles ist gut!« Sie vergrub ihre Hände in ihren Pulloverärmeln.

»Wir ham auch Mist gebaut. Das mit deinem Papa. Mann, haben wir uns da in was verrannt!«, warf Mo ein. »Oder?« Er sah seine Freundinnen an. Emma konnte nicht anders, als zustimmend etwas in sich hineinzumurmeln.

»Auf jeden Fall steckt die Rote mit jemand anders unter einer Decke! Mit dem …«

»Professor!«, vollendete Jenny Jules Satz. »Deshalb wollte ich mit euch reden! Ich hab am Rathaus ein Gespräch mitgekriegt. Zwischen dem Professor und der Roten. Ich hab nicht ganz kapiert, worum es geht. Aber es hat etwas mit dieser Höhle im Berg zu tun. Darin ist etwas, was die beiden haben wollen!«

»Ham wir uns auch gedacht!«, sagte Mo.

»Hast du es deinem Vater erzählt?«, fragte Jule.

Jenny schüttelte langsam den Kopf. »Ich … Ich war so sauer auf euch. Wer braucht schon einen altmodischen Rummelplatz, dachte ich. Das viele Geld ist für den Ort viel wichtiger! Ich tu alles, um das wiedergutzumachen, ehrlich!«

Emma winkte langsam ab. »Wir haben alle Fehler gemacht. Wir brauchen einen Beweis, dass es den beiden nur um das Bergwerk geht! So schnell wie möglich«

Jule blickte zum Höhleneingang. »Wir müssen noch mal in die Höhle. Uns das Labor des Professors genau ansehen. Wenn er die ganze Zeit gelogen hat, finden wir dort vielleicht eine Spur.«

»Ich hol sofort meinen Vater. Ich erzähle ihm alles – mir wird er glauben«, sagte Jenny.

Mit den Worten drehte sie sich herum und stieg hinunter ins Tal. Emma, Mo und Jule liefen in die entgegengesetzte Richtung.

Hinein in die Höhle.

Eine echte Geisterhöhle.

Der Berg gibt, der Berg nimmt

Als die drei die Höhle betreten hatten, kamen sie nur ein paar Schritte weit, bevor sie erschrocken zusammenfuhren. Das Echo zweier Stimmen hallte an den Felswänden zu ihnen. Sie drückten sich so schmal wie möglich in einen Felsvorsprung. Die Stimmen wurden lauter. Nun konnten sie die des Professors und der Roten deutlich hören.

Ganz, ganz vorsichtig lugte Mo aus seinem Versteck. Er entdeckte Ernst-Theodor an der Seite der beiden Bösewichte. Warum machte er das mit? Warum weigerte er sich nicht, mit diesen Verbrechern zusammenzuarbeiten? War er am Ende doch nur eine stinknormale Maschine?

Nicht einmal eine Armlänge von den Freunden entfernt, gingen der Professor, die Rote und der Roboter an ihnen vorbei.

Die Kinder wagten nicht zu atmen.

»Ich schleiche ihnen nach. Vielleicht krieg ich was mit. Und falls sie noch mal zurückkommen, warne ich euch!«, beschloss Mo, als die Luft wieder rein war

Jule und Emma nickten. Während Mo den Halunken hinterherschlich, tasteten sich die Mädchen bis ins Labor des Professors.

Hier herrschte ein völliges Durcheinander. Teilweise waren die Ordner in Kisten gepackt, der Computer und manche seiner elektronischen Messgeräte waren verschwunden. Überall lagen Steine herum. Anscheinend hatte der Professor schon begonnen, den Berg abzutragen.

»Und wenn er alles, was verdächtig ist, aus dem Weg geschafft hat?«, fragte Emma.

Jule begann, einen der Ordner durchzublättern. »Nichts als Zahlen. Rechenaufgaben. Das hilft uns kein bisschen weiter! Was suchen wir denn hier?«

»Irgendetwas *müssen* wir finden!«, rief Emma energisch und begann, einen Ordner nach dem anderen aus den Regalen zu ziehen. »An die Arbeit!«

Mo hatte den Professor, die Rote und Ernst-Theodor auf leisen Sohlen verfolgt, bis er ihre flüsternden Stimmen verstehen konnte. Er zog sein Handy hervor und drückte auf Aufnahme.

»Diese Steine sollen uns reich machen?« Zweifel schwang in der Stimme der Dame mit.

»Natürlich! Der Stoff ist einzigartig! Ein unglaublicher Energiespeicher. Öl und Kohle sind nichts dagegen!«, schwärmte der Professor.

»Aber was ist mit diesen Dämpfen? Haben Sie nicht mal Schutzmasken dabei?«

»Keine Sorge, es gibt keine Dämpfe.«

»Und Ihre Formel?«

Der Professor lachte schrill auf. »Meine Formel … Wissen Sie, wie diese lautet: *Wissen schafft Geld!* Alles nur ein Vorwand, damit wir hier zügig vorankommen. Der Berg ist völlig ungefährlich. Oder besser gesagt, er *war*. Sehen Sie den Riss in der Decke? Nicht mehr lange und alles stürzt ein. Somit sind auch alle Beweismittel in meinem Labor vernichtet – und die Bagger können in Ruhe mit der eigentlichen Arbeit beginnen.«

Mo musste sich auf die Zunge beißen, um keinen Schreckensschrei hervorzustoßen. Der Berg würde einstürzen? Und das sagte der so locker? Tatsächlich bemerkte er nun, wie sich, knisternd und knirschend, mehr und mehr winzige Risse an der Felswand ausbreiteten. Er musste Emma und Jule retten! Auf Zehenspitzen schlich Mo aus seinem Versteck. Er machte sich so schmal er nur konnte und drückte sich in der Dunkelheit an der Felswand entlang.

»Haben Sie das auch gehört?«, fragte die Rote plötzlich. Mo hielt die Luft an. Aber sie hatte nicht ihn gemeint. Ernst-Theodor hatte sich von seinem Erfinder abgewendet. Er sah Mo genau in die Augen. Fast unmerklich nickte er ihm zu, dann begab er sich in den größeren Gang, der zum Labor führte.

Trotz allem musste Mo grinsen. Der Roboter war sein Freund. Er hatte es die ganze Zeit gewusst!

»Nur dieser dämliche Apparat. Soll er doch verschwinden«, stieß der Professor verächtlich hervor. »Von mir aus kann er unter den Felsen begraben werden!«

Mo ballte die Hände zu Fäusten. Am liebsten hätte er diesen Widerling ... Ach was! Dieser Verräter würde bald die Strafe bekommen, die er verdiente! Als er um die nächste Ecke gebogen und im großen Gang angekommen war, wartete Ernst-Theodor schon auf ihn.

»E.T.! Los, wir müssen Emma und Jule rausholen!«

Der Roboter klopfte ihm auf die Schulter. »Guten Appetit!«, sagte er zustimmend.

Dann eilten beide in Richtung des unterirdischen Labors.

Sie waren nicht weit gekommen, als über ihnen die Felsendecke knirschte.

»Pass auf!«

Kleine Steine bröckelten auf ihre Köpfe herunter – und ein größerer schlug mit einem dumpfen Schlag in den Boden ein. Nur ein paar Zentimeter neben Mo.

»Jule! Schau doch!«, schrie Emma.

Ein Knall hatte sie und ihre Freundin zusammenzucken lassen. Nun starrten sie auf die Felswand. Ein bedrohlicher Riss zog sich mitten durch das Gestein.

»Los raus! Hier stürzt noch alles ein!« Mo und Ernst-Theodor kamen in die Höhle gerannt. Mo keuchte und auch Ernst-Theodor sah etwas wackelig aus.

»Aber wir haben noch immer nichts gefunden!« Jule starrte auf den Berg an Unterlagen, den sie und Emma auf dem ganzen Höhlenboden ausgebreitet hatten. »Hier muss etwas sein – sonst hätte uns der Geist doch nicht hergeführt.«

»Ich hab den Beweis aufgenommen. Der Prof hat zugegeben, dass es keine Dämpfe gibt!«, rief Mo.

»Hey! Schaut doch!« Jule hob etwas vom Boden auf. Ein

zerschlissenes, löchriges Stofftaschentuch. »Das ist das von dem Geist!«, stieß sie hervor. »Also, von damals. Als er vielleicht noch gar kein Geist gewesen war.«

»Meint ihr, er ist damals hier unten …?« Emma sprach den Satz nicht zu Ende.

»Da sind Buchstaben eingestickt«, flüsterte Mo nach einem Blick auf das Tuch. »L.V.R. Die Abkürzung eines Namens!« Er sah seinen Roboterfreund an. »E.T. – du bist doch so'n Meistersortierer, hat der Prof gesagt. Kommt dir das bekannt vor?«

Ein Donnern erklang, als ob der Berg einen wütenden Schrei hervorstieß. Steine rieselten von der Decke. Einer landete mit einem Schlag auf einer der übrig gebliebenen Maschinen des Professors. In der Ferne, irgendwo im Bauch des Wunschelbergs, rumpelte es weiter. Der Boden unter ihren Füßen vibrierte. Mehr und mehr Steine krachten aus der Wand.

»Prost Mahlzeit!«, erwiderte Ernst-Theodor. Langsam, mit einem suchenden Blick, ging er auf eine der Steinwände zu. Er streckte die Hand aus.

Mo folgte der Bewegung. »E.T., du bist klasse! Seht ihr? Auf dem Stein! Genau die gleichen Buchstaben!«

Ernst-Theodor drückte auf den Stein mit den Initialen – und er schwang zurück.

»'n Geheimfach!« Mo griff hinein und zog etwas daraus hervor. »Eine Schriftrolle!«

»Die gleiche, die der Geist bei sich hatte!«, rief Jule.

»Raus hier!« Die Arme schützend über ihre Köpfe gehalten, eilten sie Richtung Ausgang. Da knirschte die Decke über ihren Köpfen. Abrupt blieben sie stehen. Im Durchgang vor ihnen war ein Felsbrocken gelandet. Groß wie ein Kürbis.

»Wenn ich um Ihre Aufmerksamkeit bitten dürfte!« Der Roboter hob den Stein auf und räumte ihn aus dem Weg, als ob er das Gewicht von Zuckerwatte hätte. Dann winkte er die Kinder hinter sich, hinaus aus der Höhle.

Wie abfahrbereit wartete im nächsten Gang einer der Geisterbahnwaggons auf sie. Mo, Emma und Jule stiegen ein.

Mo starrte Ernst-Theodor an. »E.T.! Du musst doch …«

Das Dröhnen wurde lauter. Es sah aus, als ob sich die Decke über ihnen ein Stück herabsenkte. Schon krachte ein weiterer Brocken herunter. Der Roboter hob seine Arme und drückte sie an den Felsen über seinem Kopf. Tatsächlich schien er mit seiner Kraft den Einsturz der Höhle aufzuhalten.

»Gute Fahrt, meine Freunde!« Ernst-Theodor setzte den Waggon mit einem Tritt in Bewegung. Mo schaute seinen

Freund noch einmal an. Der nickte ihm mit einem Lächeln zu.

»Leb wohl, Kumpel«, flüsterte Mo.

Ein fürchterliches Krachen ertönte. Aber Mo zwang sich, sich nicht noch einmal umzudrehen.

Ein neues Kapitel mit alten Geschichten

Der Wagen schoss über die Schienen und brachte sie sicher an die hintere Seite des Berges, zurück ans Tageslicht. Kaum waren sie draußen, bebte die Erde unter ihnen und bröckelnde Steine prasselten herab, bis der Eingang vollständig verschüttet war. Mit zitternden Beinen stiegen die drei aus dem Wagen.

»Jule!«

»Mo!«

»Emma!«

»Seid ihr verrückt geworden?«

Mo, Emma und Jule wurden von allen Wunschelbergern

nacheinander so fest umarmt, dass sie fast keine Luft bekamen. Das heißt, zwei fehlten in der langen Reihe. Konfusio und Sinister.

»Was habt ihr dort unten gemacht? Ihr könnt doch nicht … ihr Verrückten!« Silvie kullerten dicke Tränen die Wange herunter. Immer und immer wieder drückte sie die Kinder an sich.

»Wir haben nur mal eben den Wunschelberg gerettet«, stieß Jule hervor und wischte sich mit dem Ärmel über die Augen.

»Und E.T. hat *uns* gerettet«, fügte Mo leise hinzu.

Unter seinem Pullover zog er die Schriftrolle hervor. Er räusperte sich und lächelte etwas wackelig in die Runde.

»Wenn wir recht haben, dann gehört der Wunschelberg gar nicht der Stadt – also kann der Bürgermeister ihn auch nicht verkaufen. Und Dämpfe gibt es auch nicht!« Mo tippte auf sein Handy. »Ich hab den Beweis!«

»Aber wem gehört der Berg dann?« Neugierig schauten Emma und Jule Mo über die Schulter. Vorsichtig wickelte er die Schriftrolle auseinander.

»Wilhelm von Rabensang«, las er vor. »Er ist der Besitzer.«

»Und warum hat er die Besitzurkunde dort unten versteckt?«, wunderte sich Emma.

»Vielleicht damit sie nicht dem Falschen in die Hände fällt, falls ihm etwas zustoßen sollte«, überlegte Mo.

»Und Rabensang wusste, dass die Unterlagen im Wunschelberg gut aufgehoben sind«, stimmte Jule ihm zu.

»Schaut doch!«, rief Emma in dem Moment.

Alle hoben ihre Köpfe. Ein verwundertes Raunen ging durch die Reihe der Wunschelberger. Mo strahlte über das ganze Gesicht. »He! Der Riss is' weg! Unser Zauberhügel is' wieder heil!«

Ein leises Zwitschern erklang. Auf einem Felsvorsprung saßen zwei Vögel. Zwei bunte Vögel.

Noch sah das Gras etwas grau aus und noch gab es keine Blumen. Aber es war nur eine Frage der Zeit, bis alles wieder in der gewohnten Farbenpracht erstrahlen würde.

»Sinister!«, stieß Emma hervor.

Der Hüter des Spiegelkabinetts kam langsam auf sie zu. In der Hand hatte er einen schweren Lederkoffer. »Sie gehen?«

Mo starrte ihn an. »Aber wieso? Jetzt wird doch alles wieder gut!«

»Meine Zeit ist gekommen.« Sinisters Blick fiel auf Emma – und verweilte einen Moment auf ihr. Ein Moment, der Emma wie eine Ewigkeit vorkam. Dennoch hielt sie dem Blick stand. Bis Meister Sinister einen Schritt auf sie zumachte und seine Hand ausstreckte. Emma zögerte keinen Moment, um sie zu ergreifen. Sie hatte erwartet, dass sie sich kalt wie Eis anfühlte. Doch es war einfach die faltige Hand eines älteren Herrn. Ohne ein Wort hielt Meister Sinister Emmas Hand gedrückt. Schließlich griff er in seine Manteltasche und holte einen Umschlag heraus. Er reichte ihn Emma. Die nahm ihn mit einem verwunderten Blick an sich. Meister Sinister hatte keine Erklärung für sie. Trotzdem glaubte Emma in dem Moment alles zu verstehen.

»Lebt wohl!« Sinister nickte erst Emma zu und dann noch einmal in die Runde. Ein letztes Mal. Mit langsamen, gebeugten Schritten ging er den Wunschelberg hinunter.

»Was war das denn? Der hat noch nie jemandem die Hand gegeben!«, murmelte Jule.

Alle sahen ihm nach. Ohne ein Wort. Auch Kasimir machte keinen Mucks, nur seine Schnurrhaare zitterten.

Emma starrte den Umschlag in ihrer Hand an.

»Mach schon auf!«, drängelte Mo. »Was is'n das?«

Da brach Emma das schwarze Siegel. Sie räusperte sich und las die schnörkeligen Wörter vor: »Die Spiegel haben ihre neue Meisterin auserkoren. Nur derjenige, der sich der dunklen Seite stellt, kann die helle verstehen. Gezeichnet S. von Rabensang.«

»Was soll'n das schon wieder? Dieses Geschwurbel kann doch keiner verstehen!«, stieß Mo hervor.

»Wieso hat er dir den Umschlag gegeben?«, fragte Jule.

Emma erwiderte vorsichtig ihren Blick.

»Ich muss euch etwas sagen. Ich war vor Kurzem bei Sinister im Spiegelkabinett. Weil … Ich weiß auch nicht genau. Irgendwie hat es mich dahin gezogen. Ich hatte das Gefühl, dass er weiß, was es mit all den seltsamen Geschehnissen auf sich hat.«

»Sinister hat dich zu seiner Nachfolgerin gemacht. Es ist an der Zeit, dass ihr Kinder ein neues Kapitel des Wunschelberges beginnt!«, warf Antonio ein.

»Ich glaube, ihr habt es bereits begonnen«, erwiderte Madame Claire. Mit einem Lächeln nickte sie dem Magischen Gustav zu. Ein roter Hauch erschien auf seinen Wangen.

Jule hatte währenddessen die ganze Zeit den Brief angestarrt.

»*Von Rabensang*. Das ist Sinisters richtiger Name. Wie auf der Urkunde! Sinister ist ein Nachkomme des ehemaligen Besitzers – und er hat ihn beerbt!«

Sofort zogen die Wunschelberger los, um Sinister zu finden. Ihm klarzumachen, dass dieser zauberhafte Ort ihm gehörte. Aber er blieb verschwunden – und alle fühlten, dass er es für immer bleiben würde.

»Vielleicht wusste er es ja die ganze Zeit?«, überlegte Jule.

»Die ganze Wahrheit werden wir nie erfahren«, erklärte Madame Claire.

»Na, wenn das ’ne Wahrsagerin sagt«, schmunzelte Mo vorsichtig.

Und dann stiegen alle zurück auf die Zauberwiese.

Dort wurden sie schon erwartet. Der Bürgermeister, Jenny und Frau Zausel, die Dame von der Zeitung, empfingen sie mit betretenen Blicken. Aber als die Wunschelberger unbeirrt begannen, Fenster und Türen ihrer Buden zu öffnen, sahen auch sie erleichtert aus.

»Wir sind froh, dass der Wunschelberg bleibt, wie er ist. Wenn es Ihnen recht ist, würde ich eine Serie über den Wunschelberg machen – die ganzen alten Geschichten wird das Publikum lieben! Die Jungen genauso wie die Alten, die damals schon dabei gewesen sind«, verkündete Frau Zausel.

»Ich glaube, Geschichten gib es einige«, erwiderte Jule, ergriff Silvies Hand und drückte sie ganz fest.

Silvie lächelte Jule an. Und dann begann sie zu erzählen.

Alle lauschten – auch die zwei bunten Vögel, die auf dem Dach von Gustavs Sternenwohnwagen saßen. Ein blauer Wagen mit silber blitzenden Sternen.

1. Kapitel

Samstag, 8. August, 18.38 Uhr

Im normalen Leben mochte Nicola Mustermann sich nicht besonders gern. Er fand sich einfach zu »un«: irgendwie ein bisschen zu un-sportlich, seine Haare ein bisschen zu un-stylebar, und wenn er versuchte, ohne Brille klarzukommen, sah er alles ein bisschen zu un-deutlich.

Aber jetzt war nicht das normale Leben. Jetzt war nicht die Zeit für »un«. Jetzt stand Nicola auf einer Open-Air-Bühne auf der Promenade von Lumpensand. Hinter ihm rauschten die Nordseewellen auf den Strand. Vor ihm lag der halbrunde Kurplatz, umstellt von Hotels, Cafés und Souvenirläden. Dort drängten sich bestimmt 200 Menschen und starrten ihn an. Mindestens. Wenn nicht 300. Und Nicola sah sie gestochen scharf, denn er trug seine nagelneue lila Sonnenbrille mit Korrekturgläsern, minus 5 Dioptrien stark.

»Moin! Wir sind Nicola und die Hochdruckgebeats aus Hamburg«, rief Nicola ins Mikrofon. Das hatte er zu Hause vor dem Spiegel geübt. Noch ein »un«: Nicola war meistens etwas un-sicher. Doch seine gut einstudierten Posen täuschten darüber hinweg.

Aus den Boxen wummerten die ersten Bassnoten, ein paar Takte später wippten alle mit, und auf allen Gesichtern, in die Nicola blickte, machte sich ein Lächeln breit. Denn das Publikum sah nicht einen kleinen, rundlichen Jungen. Sondern einen Typen, der saugut rappen konnte. Und hinter ihm: die Hochdruckgebeats, seine Band! Jule am Bass, Tom am Schlagzeug, David am Laptop. Sie machten ihre Sache super. Aber der Hingucker war Nicola. Wenn er sich zur Musik bewegte, sah er vollkommen locker und glücklich aus. Und das war er auch.

Der Song-Wettbewerb der Insel Lumpensand hatte Bands aus ganz Norddeutschland angelockt. »Dein Lied für Lumpensand« hieß die Ausschreibung zu der Veranstaltung. Der Song des Gewinners sollte jedes Mal gespielt werden, wenn die Fähre vom Festland im Inselhafen anlegte. Nicola hätte von dem Wettbewerb vermutlich nie erfahren, wenn nicht sein Freund Max ihm den Link zur Ausschreibung gemailt hätte.

Max Lüders war vor einem Jahr mit seinem Vater von Hamburg nach Lumpensand gezogen. Jetzt stand er im Publikum und sang aus voller Kehle den Refrain mit:

Kauf mir ein Ticket raus nach Lumpensand
Insgesamt die schönste Insel hier im Abendland.
Ey verdammt, es bringt mich glatt noch mal um den Verstand.
Lumpensand hat sich in mein Herz eingebrannt,
es entflammt. Lumpensand: Ich sprüh's an jede Häuserwand!
Dann geh ich barfuß raus ins Deichvorland
Und zähl den Fischbestand am weißen Strand!

Der Applaus nach dem Song war so laut, dass sich später Anwohner beim Bürgermeister über die Lärmbelästigung beschwerten. Nicola strahlte, als er von der Bühne kletterte.

»Hey, ihr wart super!«, sagte Max.

»Danke, weiß ich«, grinste Nicola breit.

Noch ein »un«: Nicola kam manchmal ziemlich un-bescheiden rüber. Nur gute Freunde wie Max wussten, dass das größtenteils Fassade war. Nicolas Trick, seine Unsicherheit zu überspielen.

Die Hochdruckgebeats hatten die Bühne geräumt. Ein Scheinwerfer ging an, und ein sonnengebräunter Mann in Jeans und weißen Segelschuhen joggte zum Mikrofon. Am Gürtel trug er einen faltbaren Regenschirm, so wie ein Polizist seinen Schlagstock. Der Jogger mit dem Schirm rief: »Ein heeeeerzliches Dankeschön an alle Bands, die schon aufgetreten sind! Applaus, Applaus!«

Klatschen und Johlen aus dem Publikum.

»Wer mich noch nicht kennt, meine Name ist Big Joe Blank, ich bin – unter anderem, höhö – der Organisator des Wettbewerbs. Und ich habe die Ehre, unsere letzten Teilnehmer anzusagen. Es werden gleich die Brisenboys spielen, eine Band aus Lumpensand, echtes Inselgewächs!«

Johlen und Klatschen aus dem Publikum.

»Wir machen aus technischen Gründen zehn Minuten Umbaupause, dann geht's weiter mit den Brisenboys! Applaus!« Big Joe Blank blieb grinsend auf der Bühne stehen, die Arme ausgebreitet, als wollte er die Menge vor sich segnen. Offenbar fühlte der Mann sich dort oben wohl. Sein Blick schweifte genüsslich über die

Köpfe zu seinen Füßen. Dann fiel ihm wohl ein, dass er nichts mehr zu sagen hatte. Er winkte noch einmal ins Publikum, dann joggte er von der Bühne, wie er gekommen war.

»Komm, wir gehen mal kurz an den Strand, mir ist es hier zu eng«, sagte Max.

»Okay«, nickte Nicola. Er wusste, dass Max Menschenmengen nicht ausstehen konnte. Dass er sich das Gedränge vor der Bühne angetan hatte, nur um die Hochdruckgebeats anzufeuern, rechnete Nicola ihm hoch an.

Sie schoben sich zwischen den Zuschauern hindurch Richtung Seebrücke. Doch schon nach wenigen Schritten versperrte ihnen eine knallrote Windjacke den Weg. Darin steckte ein junger Mann. An den Füßen trug er Tennissocken und Sandalen, um seinen Hals baumelte ein Band. Auf das Plastikschild, das daran hing, hatte jemand etwas krakelig *PRESSE* geschrieben.

»Hi, ich bin von *lumpenblog.com*, dem Inselblog! Ich möchte dich interviewen«, rief die Windjacke Nicola zu.

»Äh, klar, meinetwegen, gerne«, stotterte Nicola. Ein Interview! Damit hatte er nicht gerechnet.

»Gut, erzähl mal was über deine Band. Wie heißt ihr noch mal?« Der Inselblogger richtete die Kamera seines Handys genau auf Nicolas Gesicht.

»Wir sind ›Nicola und die Hochdruckgebeats‹ aus Hamburg.« Das fing ja gut an: Der Typ hatte sich nicht mal den Bandnamen gemerkt!

»Und wer ist dieses Mädchen?«

»Das Mädchen? Das ist Jule, die Bassistin.«

»Nein, nicht die. Ich meine, wer ist Nicola?«

Nicola schoss das Blut in die Wangen. Natürlich, das musste ja kommen! »Äh, das ist kein Mädchen. Das bin ich.«

»Ach so. 'tschuldigung. Wieso hast du denn einen Mädchennamen?«

Nicola hasste diese Frage. Wieso stellte dieser Mensch sie nicht seinen Eltern? In Italien heißen ganz viele Jungen so, wollten sie ihm immer weismachen. Aber er hatte eine Antwort parat – dieselbe, die er schon gefühlte zehntausend Mal gegeben hatte: »Na, weil ich nie Cola trinke.«

»Hä?« Der Inselblogger ließ verwundert die Kamera sinken, einen Moment lang filmte er nur noch Nicolas Knie.

»Nie Cola. Ni-cola. Sonst noch Fragen?«

»Äh, ja … witzig! Was hat euch zu dem Song inspiriert?«

Damit konnte Nicola schon mehr anfangen. »Ich habe ›Ticket nach Lumpensand‹ geschrieben, weil mein bester Freund mir immer von der Insel vorgeschwärmt hat. Max wohnt nämlich auf Lumpensand, seit einem Jahr schon. Und so wie er es beschreibt, habe ich mir immer gewünscht, meine Eltern würden mit mir auch herziehen. Das Lied ist meine Liebeserklärung an die Insel.«

»Gute Antwort«, sagte der Inselblogger gönnerhaft und machte seine Kamera aus.

»Das Interview stelle ich heute nach der Siegerehrung online. Also falls ihr gewinnt, meine ich. Woran ich allerdings ganz fest glaube. Du machst dich echt gut auf der Bühne.« Der Blogger legte eine betont lange Pause ein, wobei er sich den Presseausweis auf der Jackenbrust zurechtrückte. »Kannst sogar singen.«

Nicola lächelte. »Danke für das Kompliment«. Doch da hatte sich der Inselblogger schon umgedreht und war grußlos davongegangen. Nicola blickte ihm kopfschüttelnd hinterher. Der Reporter war unhöflich und kurz angebunden gewesen. Und dann die Socken! Komische Figur. Aber immerhin, ihm hatte Nicolas Lied gefallen.

»Arfst Okke Labersen!« Max' Stimme riss Nicola aus seinen Gedanken.

»Was für'n Ding?«

»Arfst Okke Labersen, so heißt der Typ. Arfst wie darfst, Okke wie Glocke«, erklärte Max. »Das ist Friesisch vom Feinsten. Darfst ihn aber gern AOL nennen, dann freut er sich.«

»AOL? Big Joe? Nee, klar! Die nehmen sich hier wohl ganz schön wichtig.«

»Leider ja«, sagte Max. »Aber immerhin berichtet AOL auf seiner Internetseite über alles, was auf der Insel passiert.«

»Was wahrscheinlich nicht rasend viel ist«, grinste Nicola.

»Auch wieder wahr«, sagte Max.

Es kratzte aus den Boxen, und Nicola sah zur Bühne. Dort stand die nächste und letzte Band des Wettbewerbs: die Brisenboys. Es war die einzige Band von der Insel, drei Gymnasiasten mit Keyboard, Schlagzeug, Gitarre, Seitenscheitel und gebügelten T-Shirts. Nicola kannte sie nicht. Aber schon nach ein paar Takten taten ihm die Ohren weh. Der Gesang war schief, die Gitarre verstimmt. Die Brisenboys schien das nicht zu stören, sie schmetterten ihren Song, als hörten sie nicht, wie schräg es klang. Dazu lächelten sie unschuldig wie Chorknaben und blickten versonnen knapp über die Köpfe der Zuschauer hinweg. Dass Nicola sie durch seine Sonnebrille ganz in Lila sah, machte die Sache nur einen winzigen Hauch erträglicher.

Oh Lumpensand,
mein Heimatland!
Dein Dünensand
ist mir bekannt!

Argh … Heimat und Dünen? Nicola verzog das Gesicht. Der Text war wirklich schwach. Schade. Andererseits – vergrößerte das nicht seine Chancen auf den Sieg? Vielleicht war es ja ganz gut, dass diese Band war, wie sie eben war. Hauptsache, den Brisenboys macht's Spaß, dachte er. Er sah zu Max. Der hielt sich mit beiden Händen die Ohren zu und zog ein Gesicht, als würden ihm ohne Betäubung sämtliche Zähne gezogen.

Der Sänger trällerte jetzt irgendetwas vom Himmel über Lumpensand. Dazu wackelte er mit dem Po und klatschte in die Hände.

Wackel, wackel, klatsch.

Wackel, wackel, klatsch.

Jetzt hob er die Hände über den Kopf.

Wackel, wackel, überkopfklatsch.

Wackel, wackel, überkopfklatsch.

Er reckte einen Arm noch höher und begann, mit großer Geste Richtung Himmel und Horizont zu winken.

Wackel, wackel, wink.

Wackel, wink, wack… irgendetwas brachte ihn plötzlich aus dem Rhythmus. Der Sänger stellte das Po-Wackeln ein. Er starrte mit halb offenem Mund zum Himmel, seine Augen weiteten sich.

»Achtung! Schietsturm!«, brüllte er und warf sich mit einer gekonnten Rolle rückwärts, die Nicola diesem Pinsel niemals zugetraut hätte, unter das Keyboard.

Die Musik brach ab. Nicola hörte über sich ein lautes Flattern. Er schaute nach oben – in einen riesigen Schwarm kleiner, schwarzweißer Vögel. Im selben Moment platschte ein Regen aus Vogelscheiße über Zuschauer, Band und Bühne. Ein weißer Kotsprotzer landete direkt auf Nicolas Brillengläsern, er sah nur noch schmierige Schlieren.

»Runter«, rief Max und zog ihn zu Boden.